共和國之徽

中华人民共和国国徽诞生记

李春华 / 著

吉林人民出版社

第五號

第九號

第三號

國

第十二號

第十三號

出 品 人：常　宏
总 策 划：吴文阁
责任编辑：王　斌　郝晨宇
装帧设计：李　媛　吾擅设计

图书在版编目（CIP）数据

共和国之徽：中华人民共和国国徽诞生记 / 李春华著.
-- 长春：吉林人民出版社，2024.9.
ISBN 978-7-206-21028-0
Ⅰ．I25

中国国家版本馆 CIP 数据核字第 2024D79Z31 号

共和国之徽
GONGHEGUO ZHI HUI
中华人民共和国国徽诞生记
ZHONGHUA RENMIN GONGHEGUO GUOHUI DANSHENG JI

著　　者：	李春华
出版发行：	吉林人民出版社（长春市人民大街7548号 邮政编码：130022）
咨询电话：	0431-85378007
印　　刷：	吉林省优视印务有限公司
开　　本：	160mm×230mm　1/16
印　　张：	15.25
字　　数：	146千字
标准书号：	ISBN 978-7-206-21028-0
版　　次：	2024年9月第1版
印　　次：	2025年6月第4次印刷
定　　价：	68.00元

如发现印装质量问题，影响阅读，请与出版社联系调换。

序言

今年是中华人民共和国成立75周年。从毛泽东主席庄严宣告"占人类总数四分之一的中国人从此站立起来了"到中国特色社会主义事业进入新时代，我们伟大的中华民族在社会主义的康庄大道上已经阔步前进了75个春秋。

国徽是一个国家独立、统一和主权的象征。每当旭日东升时，天安门城楼上悬挂的中华人民共和国国徽便熠熠生辉、光芒四射，同激昂的《义勇军进行曲》和冉冉升起的五星红旗一道，共同开启中华民族走向胜利的新篇章，共同见证中华民族从站起来、富起来到强起来，巍然屹立于世界民族之林的伟大复兴进程。

中华人民共和国国徽庄严富丽，蕴含着丰富深邃的含义，代表着中国人民民主专政的性质、中国革命斗争的传统和全中国人民的大团结。每当我们仰望国徽，一种庄重与神圣、尊严与自豪之情就会油然而生。国徽，总能激发我们奋斗不息的意志和信心，总能赋予我们不断前进的动力与能量。

　　中华人民共和国国徽，是1950年6月23日由中国人民政治协商会议第一届全国委员会第二次会议讨论通过，提请中央人民政府委员会核准发布后，由中央人民政府主席毛泽东于同年9月20日颁布实行的。从1949年6月新政协筹备会常务委员会成立第六小组，7月设立国旗国徽图案评选委员会，决定向社会公开征集设计图案起，到1950年9月毛泽东主席颁发实行国徽的命令时为止，新中国国徽的设计和制作工作持续了一年多时间，经历了由许多可圈可点的感人故事组成的创造过程。这个过程，体现了中国共产党带领全国人民经过新民主主义过渡阶段走向社会主义社会的坚定信念，蕴含了党外各界民主人士与中国共产党肝胆相照、荣辱与共的合作精神，汇聚了国徽设计者们的殚精竭思和政治智慧，反映了国徽制作者们初为国家主人翁的高度责任感和精益求精的拳拳匠心。

　　中华人民共和国国徽的诞生过程，不仅是新中国建立时期统一战线和人民政协工作中的一段佳话，更是一部十分珍贵的爱国主义、社会主义教育的生动教材。这是我们看到李春华同志所著《共和国之徽——中华人民共和国国徽诞生记》一书出版时感到欣喜并向其祝贺的主要原因。

本书的价值，在于它以大量珍贵的历史档案、日记、口述史料和图片等第一手资料为依据，翔实地反映了新中国国徽从征集·初选、再拟·竞赛到公布·制作的全过程。它的出版，弥补了以往我们对这一领域研究不够、成果不多的缺憾，书中有些史料的首次公开使用，也在澄清某些模糊认识，填补了相关记述的空白。

本书的作者李春华同志，长期从事文史资料的征集、编辑、研究和出版工作，现任中国政协文史馆馆藏部主任，有条件接触大量珍贵的历史资料并以历史唯物主义的观点和方法对这些资料进行研究。本书作为他的研究成果公开向社会出版发行，必定会为广大读者提供不少有益的启示，更会为广大的青少年读者了解新中国的创业史，进一步激发他们的爱国主义精神，提供积极有益的帮助。同时，也期望李春华同志有更多的好作品问世！

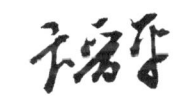

2024 年 6 月 17 日

目 录

第一部分 / 征集·初选

- 壹　国家象征　近代三种国徽　/ 002
- 贰　五一口号　各界热烈响应　/ 004
- 叁　筹备会议　统筹建国事项　/ 010
- 肆　第六小组　承担神圣使命　/ 013
- 伍　多次修改　发布征集启事　/ 017
- 陆　邀请专家　确定初选顾问　/ 025
- 柒　国徽初选　应征稿不理想　/ 034
- 捌　另请专家　张仃钟灵受邀　/ 037
- 玖　开国盛会　政协一届全会　/ 049
- 拾　分组讨论　只欠国徽图案　/ 056
- 拾壹　一锤定音　国徽须再设计　/ 060
- 拾贰　四个决议　国徽仍未确定　/ 064
- 拾叁　大会宣告　新中国已成立　/ 067
- 拾肆　开国大典　国徽未定告缺　/ 074

第二部分 / 再拟·竞赛

壹 两个团队
受邀设计国徽
/ 084

贰 清华大学
玉璧国徽方案
/ 090

叁 中央美院
天安门进国徽
/ 097

肆 马老报告
另拟两种图案
/ 101

伍 方形国徽
清华再次尝试
/ 104

陆 总理夜谈
一定有天安门
/ 109

柒 中央美院
两个设计方案
/ 114

捌 清华大学
多个设计方案
/ 120

玖 小组会议
请梁先生归集
/ 126

拾 清华新案
金五星天安门
/ 130

拾壹 最后审查
确定国徽方案
/ 136

拾贰 政协全会
国徽原则通过
/ 145

拾叁 呕心沥血
高庄塑造国徽
/ 150

拾肆 专题会议
审定国徽模型
/ 156

第三部分 / 公布 · 制作

壹 主席命令
国徽正式诞生
/ 162

贰 北京制造
首批木质国徽
/ 170

叁 上海制造
首批金属国徽
/ 176

肆 分区制造
国徽批量生产
/ 185

伍 沈阳制造
首批合金国徽
/ 187

陆 薪火相传
清华再续前缘
/ 195

柒 神圣国徽
集体智慧结晶
/ 203

参考文献 / 208

附　　录 / 213

后　　记 / 227

自强

共和国之徽
中华人民共和国国徽诞生记

第一部分 / 征集·初选

壹　国家象征
近代三种国徽

国徽，是代表国家的徽章，是民族精神的代表，是国家形象的凝练符号，是国家的象征之一。

1911年10月10日，震惊世界的辛亥革命爆发，推翻了清朝政府，结束了在中国延续2000多年的封建君主专制制度。1912年1月1日，孙中山在南京宣誓就职，宣告中华民国临时政府成立。

1913年至1928年，中华民国北洋政府时期使用的国徽"十二章国徽"，又称"嘉禾国徽"，是中国最早的国徽。

1912年8月，鲁迅、钱稻孙、许寿裳三人受命绘制中华民国国徽。他们采用中西结合的方式设计国徽图样，钱稻孙画出图例，说明书由鲁迅执笔。国徽中心为黄色"嘉禾"（生长茁壮的禾稻，古人视其为吉祥的征兆），后面有"干"（即"嘉禾"后面的红色盾牌），周围则装饰有中国古代礼服绘绣所常用的十二章(即日、月、星辰、山、龙、华虫、

◆ 中华民国北洋政府国徽

宗彝、藻、火、粉米、黼、黻 12 种纹饰），其寓意是国运长久美好。

南京国民政府时期使用的国徽是青天白日国徽，它是以"为共和革命而牺牲者之第一人"陆皓东设计的"青天白日旗"为蓝本制作的。

1926 年 7 月，国民革命军从广州开始北伐。1928 年 12 月 17 日，南京国民政府公布《中华民国国徽国旗法》，确定青天白日徽为国徽。12 月 29 日，张学良通电南京宣布东北易帜，北伐大业始告完成。

20 世纪 30 年代，中国共产党在南方开辟了革命根据地。1934 年 1 月，中华苏维埃共和国第二次全国苏维埃代表大会通过了《关于国徽、国旗及军旗的决定》。国徽图案是在地球形上插交叉的镰刀与锤子，左为麦穗，右为谷穗，架于地球形之下和两旁，地球之上为五角星，上有"中华苏维埃共和国"下有"全世界无产阶级和被压迫的民族联合起来"的字样。地球形为白色底子，轮廓经纬线为蓝色，地球上的镰刀、锤子为黑色，五角星、麦穗、谷穗为黄色。

1937 年抗日战争全面爆发，9 月中华苏维埃共和国更名为中华民国陕甘宁边区政府，结束苏维埃国家政权形式。这个国徽虽然使用时间较短，却有着特殊的历史意义。

◆ 中央革命根据地纪念馆展出的中华苏维埃共和国国徽

贰 五一口号 各界热烈响应

共和国之徽 中华人民共和国国徽诞生记

抗日战争胜利后，1946年国民党发动全面内战。到1948年上半年，人民解放军在各个战场上持续发动攻势，并相继取得胜利。中国面临的两种命运、两种前途已泾渭分明。

这一年的五一国际劳动节又要到了，按照惯例，中共中央会通过新华社发表宣言、号召，举行集会、游行，刊发

◆ 河北省保定市阜平县城南庄晋察冀军区司令部旧址，毛泽东在此居住并修改五一国际劳动节口号

文章、社论。

经全盘考虑，以毛泽东同志为核心的党的第一代中央领导集体认为，通过发表纪念五一国际劳动节口号，提出建立新中国蓝图的时机已经成熟。五一国际劳动节口号共23条，初稿由毛泽东修改27处。

1948年4月30日，新华社对外正式发布《中共中央发布纪念"五一"劳动节口号》，号召"全国劳动人民团结起来，联合全国知识分子、自由资产阶级、各民主党派、社会贤达和其他爱国分子，巩固和扩大反对帝国主义、反对封建主义、反对官僚资本主义的统一战线，为着打倒蒋介石，建立新中国而共同奋斗"。同时，号召"各民主党派、各人民团体、各社会贤达，迅速召开政治协商会议，讨论并实现召集人民代表大会，成立民主联合政府"。这实际上涵盖了中共中央建立新中国的伟大方略。

五一国际劳动节口号切合革命形势发展，符合全国人民愿望，一经发布，立即得到社会各界的热烈响应，各民主党派和人民团体纷纷发表声明、宣言和通电，积极响应号召。

在中共中央的邀请和周密安排下，各民主党派负责人、无党派民主人士从香港、上海、北平及海外，通过多种渠道陆续到达东北解放区（哈尔滨、沈阳）、华北解放区（河北省平山县李家庄），与中共代表共同进行新政治协商会议的筹备事宜。据统计，从香港北上的民主人士和文化界精英先后共有20多批、1000多人，其中至少有177人成为中国人民政治协商会议第一届全体会议代表和候补代表，为中华人民共和国的成立贡献自己的智慧和力量。

共和国之徽 中华人民共和国国徽诞生记

◆ 1948年11月25日，郭沫若（中）等民主人士在由香港驶往解放区的"华中号"轮船上

民主人士到达解放区后，中共中央就通过举行座谈会、政治报告会等方式，组织大家进行政治理论学习，并针对一些重要问题沟通思想，还组织他们到解放区参观调查、接触群众、凝聚共识，大家对于所关心的主要问题基本上达成了比较一致的意见。

◆ 河北省平山县西柏坡村貌

　　1948年10月，中共中央统一战线工作部和到达华北解放区的民主人士协商提出了《关于召开新的政治协商会议诸问题的协议》（以下简称《协议》）草案。在香港的各民主党派、无党派民主人士讨论这个草案时，就国旗、国歌等提出过相关意见。

　　11月25日，经过多次反复、细致的协商，中共中央代表与在哈尔滨的民主人士沈钧儒、谭平山、章伯钧、蔡廷锴、王绍鏊、朱学范、高崇民、李德全（冯玉祥夫人）等民主人士，在马迭尔宾馆达成了此《协议》。《协议》的很多相关工作是在西柏坡（中共中央所在地）、李家庄（中共中央统一战线工作部所在地）、哈尔滨和香港四地同步进行的，中共中央认真听取了多方意见和建议。

　　《协议》就成立新政治协商会议筹备会及新政协的性质、任务等问题做出了规定。这是民主人士到解放区后，在新政治协商会议筹备活动中取得的一项具有决定性意义的成果，对后来新政治协商会议筹备会的成立、中国人民政治协商会

共和国之徽 中华人民共和国国徽诞生记

◆ 中国人民解放军进入北平

议第一届全体会议的召开、中央人民政府的组成,乃至新中国的诞生,都具有重要意义。

1949年1月21日,《关于和平解决北平问题的协议》正式签订。1月31日,中国人民解放军进入北平,北平和平解放,新政治协商会议召开地点由哈尔滨改为北平。

3月5日至13日,中国共产党第七届中央委员会第二次全体会议在河北省平山县西柏坡召开。会议决定了党在全国胜利后在政治、经济、外交方面应当采取的基本政策,讨论了党的工作重心由乡村转移到城市的问题。毛泽东指出:"召集政治协商会议和成立民主联合政府的一切条件,均已成熟。"6月30日,毛泽东发表了《论人民民主专政》,明确指出"人民民主专政需要工人阶级的领导"。新政治协商会议的召开具备了充分的政治上和思想上的条件。

3月23日,毛泽东率中共中央机关离开中国共产党最后一个农村指挥所——西柏坡，向古都北平进发。3月25日，毛泽东一行抵达北平清华园火车站，中共中央机关由此进驻北平。

4月20日，南京国民政府电告南京代表团拒绝在《国内和平协定》上签字，北平和平谈判失败。

4月21日，毛泽东、朱德发布《向全国进军的命令》。4月23日，南京解放，宣告国民党反动统治的覆灭。5月27日，上海解放。人民解放军乘胜向中南、西北、西南大进军，全国解放在即。

◆ 中国人民解放军横渡长江

叁　筹备会议
统筹建国事项

　　解放战争的节节胜利意味着，召开新政治协商会议的时机已经成熟了。

　　1949年6月15日至19日，万众期待的新政治协商会议筹备会第一次全体会议在勤政殿隆重召开。

　　勤政殿是中南海的一座重要建筑，位于丰泽园东边，正中有一约100平方米的椭圆形大厅，左右各有两进四合院。这里曾是清朝皇帝举行政务活动的重要场所，其名"勤政殿"取义"勤政务本，勤于思政"。

◆ 新政治协商会议筹备会会场外景

新政治协商会议筹备会会场布置得简单朴素，60面红旗分别排列在12根方柱上，衬以紫色的幕布，显得庄严瑰丽。

参加会议的，包括新政治协商会议原提议人中国共产党与赞同中共主张的各民主党派、无党派民主人士、各人民团体、各界民主人士、国内少数民族和海外华侨等，共134人。

在此之前，6月11日17时，新政治协商会议筹备会第一次预备会议讨论了会议有关问题。

6月15日19时，在勤政殿召开了新政治协商会议筹备会第二次预备会议，通过了议事日程等内容。

19时40分，毛泽东、朱德偕同李济深、沈钧儒等步入会场，全场响起了热烈的掌声。时任中共中央政治局委员、会议临时主席周恩来致开幕词。时任中国共产党中央委员会主席毛泽东、中国人民解放军总司令朱德、中国国民党革命委员会代表李济深、中国民主同盟代表沈钧儒、无党派民主人士代表郭沫若、产业界民主人士代表陈叔通、海外华侨民主人士代表陈嘉庚先后发表讲话。

毛泽东在讲话中指出新政治协商会议筹备会的任务："完成各项必要的准备工作，迅速召开新的政治协商会议，成立民主联合政府，以便领导全国人民，以最快的速度肃清国民党反动派的残余力量，统一全中国，有系统地有步骤地在全国范围内进行政治的、经济的、文化的和国防的建设工作。"其中，"完成各项必要的准备工作"中就包括拟定国旗、国徽、国歌等重要事宜。

毛泽东在讲话中指出了中国人民的奋斗目标："中国人民将会看见，中国的命运一经操在人民自己的手里，中国就将如太阳升起在东方那样，以自己的辉煌的光焰普照大地，迅速地荡涤反动政府留下来的污泥浊水，治好战争的创伤，建设起一个崭新的强盛的名副其实的人民共和国。"毛泽东高瞻远瞩的卓识、铿锵有力的讲话，赢得了与会代表经久不衰的掌声。

6月16日，新政治协商会议筹备会继续。会议在听取了周恩来关于《新政治协商会议筹备会组织条例（草案）》的说明后，一致通过《新政治协商会议筹备会组织条例》，并选举毛泽东、朱德、李济深、李立三、沈钧儒、沈雁冰、周恩来、林伯渠、马叙伦、马寅初、乌兰夫、章伯钧、张澜、张奚若、郭沫若、陈叔通、陈嘉庚、黄炎培、蔡廷锴、蔡畅、谭平山组成新政治协商会议筹备会常务委员会，负责日常事务。

6月19日，新政治协商会议筹备会第一次全体会议继续，大会由周恩来主持。李维汉代表第一小组做了说明，会议通过《关于参加新政治协商会议的单位及其代表名额的规定》。大会快结束的时候，代表们在沈钧儒的提议下，全体起立向毛泽东、朱德致敬，全场响起热烈掌声，长达5分钟之久。

历时5天的新政治协商会议筹备会第一次全体会议圆满结束，日常工作由新政治协商会议筹备会常务委员会负责。

新政治协商会议筹备会召开以后，各地各界反响热烈，以各种形式祝贺新政治协商筹备会的召开。各地报纸发表社论，热烈拥护新政治协商会议筹备会的成立。

天津《进步日报》发表社论："一个崭新的统一的中华人民民主共和国，足音跫然，走到全国人民的面前，全世界都看见了。"上海《文汇报》发表社论："这是中国民主运动史上最辉煌的一页，全中国人民确信新政协将要创造中国历史上第一个人民自己的国家。"

肆 第六小组
承担神圣使命

1949年6月16日至9月20日，新政治协商会议筹备会常务委员会在勤政殿共召开了8次会议，决定相关重大问题。

6月16日，在新政治协商会议筹备会会议结束后，新政治协商会议筹备会常务委员会举行第一次会议。

会议通过和决定如下重要事项：

一、推举毛泽东为本会主任，周恩来、李济深、沈钧儒、郭沫若、陈叔通为副主任。

二、以李维汉为本会秘书长，以齐燕铭、余心清、周新民、孙起孟、宦乡、沈体兰、罗叔章、连贯、阎宝航为副秘书长。

三、本会工作机构暂设秘书处、庶务处、招待处、新闻处等四单位，并以梁蔼然为秘书处处长，周子健为庶务处处长，申伯纯为招待处处长，宦乡为新闻处处长。

四、通过《各单位代表参加小组的办法》。

附《各单位代表参加小组的办法》如下：

（一）本届会议分设六组，讨论以下各问题：

第一小组　拟定参加新政治协商会议之单位及各单位的代表名额；

第二小组　起草新政治协商会议组织条例；

第三小组　起草共同纲领；

第四小组　拟定中华人民民主共和国政府方案；

第五小组　起草宣言；

第六小组　拟定国旗国歌国徽方案。

（二）各单位必须推定代表各一人，参加讨论第一、第三两问题之小组。

（三）第二、第四、第五，三小组，由各单位自由选择参加。

（四）第六小组由常务委员会指定若干人组织之。

（五）每单位不得少于参加四组，每一代表不得超过参加两小组。

五、指定各小组组长、副组长如次：

第一小组　组长李维汉　副组长章伯钧

第二小组　组长谭平山　副组长周新民

第三小组　组长周恩来　副组长许德珩

第四小组　组长董必武　副组长黄炎培

第五小组　组长郭沫若　副组长陈劭先

第六小组 组长马叙伦 副组长叶剑英

六、原定十八日下午三时半举行之全体会议，延至十九日下午三时半举行，并推定周恩来担任主席。

七、下次常务委员会何时召开，由主任副主任视需要定之。

负责拟定国旗国歌国徽方案的第六小组组成人员需要由常务委员会指定，不是自由参加的。由此可见，这项工作受到常务委员会的高度重视。

6月17日，各小组参加人员名单草拟完成，周恩来在审阅名单草案时，增加了廖承志、欧阳予倩。由此，第六小组人员名单如下：

组　　长：马叙伦

副组长：叶剑英

组　　员：张奚若　马寅初　郑振铎　郭沫若
　　　　　翦伯赞　陈嘉庚　钱三强　蔡　畅
　　　　　李立三　沈雁冰　田　汉　刘王立明
　　　　　廖承志　欧阳予倩

第六小组共有16人，人数是6个小组中最少的，却包含了参加新政治协商会议筹备会的11个单位，占比将近一半（参加新政治协商会议筹备会共23个单位）。其中，有9人是新政治协商会议筹备会常务委员（马叙伦、沈雁冰、张奚若、马寅初、郭沫若、蔡畅、李立三、张澜、陈嘉庚），有15人（不包括叶剑英）是随后召开的中国人民政治协商会议第一届全体会议代表。可以说，第六小组阵容强大，涵盖了多方面代表，聚集了各界知名人士。

叶剑英工作任务繁重，为减轻其压力，后增补沈雁冰为副组长，由沈雁冰主持日常工作。不久后，中共中央对叶剑英另有任用——华南分局第一书记。8月12日，按照中共中央的安排，叶剑英乘火车离开北平赴华南工作，他在第六小组的工作也就告一段落。

根据工作需要，每个小组配秘书1名，主要职责是整理会议记录，经组长批准后，交新政治协商会议筹备会秘书处印发。赖亚力负责定期汇总各小组工作，形成工作简报。

第六小组秘书一开始是黄薇（华侨，时任新华社香港分社总编辑），后改为彭光涵（时任中央统战部干部），要求彭光涵每天上午要在第六小组工作。

彭光涵深知小组工作事关新中国国家形象，全国人民非

◆ 马叙伦

◆ 彭光涵

常关心，而自己又缺少这方面知识，压力很大。为此，他专门跑到北平各图书馆和北京大学图书馆查找资料。同时，他还就近请教第六小组的专家，在马叙伦、沈雁冰、田汉、郑振铎、梁思成等人的热情帮助下，他逐步丰富了这方面的知识积累，工作也就得心应手了。

承担神圣使命的第六小组成立后，拟定国徽的工作也就随之展开了。

伍 多次修改 发布征集启事

6月17日、18日，第一小组至第五小组的第一次会议都已经召开了，相关工作也进行了部署。

6月20日，第六小组组长马叙伦因贫血病住院，第六小组第一次会议不得不延迟召开。

7月2日，马叙伦依然在病中，不能主持会议。第六小组副组长叶剑英以召集人的名义，签发了召开第六小组会议的通知。

7月4日，在中南海勤政殿第一会议室，叶剑英主持召开第六小组第一次会议。这次会议，比其他小组的第一次会议已经晚了近半个月。张奚若、田汉（郭沫若代）、沈雁冰、郑振铎、郭沫若、翦伯赞、钱三强、蔡畅（罗叔章代）、李立三、欧阳予倩、廖承志出席了会议。

叶剑英首先讲话，要求小组会议要得到两个结果，一是设立两个委员会：国旗国徽图案评选委员会、国歌词谱评选委员会；二是拟订国旗国徽国歌征求条例。

会议经过热烈的讨论，决定成立两个初选委员会。

国旗国徽图案初选委员会：由翦伯赞、蔡畅、李立三、叶剑英、田汉、郑振铎、廖承志、张奚若8人组成，叶剑英为召集人。

国歌词谱初选委员会：由田汉、沈雁冰、钱三强、欧阳予倩、郭沫若5人组成，郭沫若为召集人。

从上述名单可以看出，田汉同时兼任国歌词谱初选委员会委员，离开北平的马寅初、陈嘉庚和请病假的张澜、马叙伦不在初选委员会组成人员之列。

因为国旗国徽国歌拟定的专业性较强，会议决定："上述两委员会委员除由本小组组员分别参加外，得聘请专家为委员，并委托郭沫若、沈雁冰二人提出初步名单由常委会做最后决定。"

会议推举郭沫若、沈雁冰、郑振铎即刻起草国旗国徽国歌征求条例，提交小组会修正后，再提交给新政治协商会议筹备会常务委员会通过；推举郭沫若向新政治协商会议筹备会常务委员会报告条例草案的内容并解释以下两点内容：

一、奖励问题。

二、国旗形式问题，小组意见形式为三与二之比。

会后，郭沫若、沈雁冰经认真研究，初步拟定了国旗、国徽、国歌专家名单。

国旗国徽专家：吴作人、叶浅予、倪贻德、丁聪、徐悲鸿、钟灵、古元、华君武、孟化风、李桦、胡蛮、特伟、梁思成、林徽因、艾青、江丰、蔡若虹、张仃，共18人。

国歌专家：马思聪、吕骥、贺绿汀、盛家伦、许勇三、周小燕、姚锦新、李焕之、老志诚、周巍峙、江定仙、沈知白、向隅、安波、何士德、赵沨，共16人。

当天，郭沫若、沈雁冰、郑振铎就完成了《征求国旗国徽图案及国歌词谱启事》（以下简称《启事》）的起草工作，并送交叶剑英审阅，足见大家的积极性与工作效率之高。

叶剑英对《启事》做了如下修改：在标题后增加"草案"二字；将《启事》的第一句话"本筹备会为征求新国旗国徽图案及国歌词谱拟定条例如下"中的"新"字后加上"中国"二字，"拟定"改为"特制订"；在关于国徽的要求中，将"形式须庄严富丽典雅"删去"典雅"二字。叶剑英修改后，在草稿上签下了自己的名字。

摆在毛泽东、周恩来面前的已经是《启事》（草案）的打印稿了。在修改后的打印稿上，我们可以清楚地看到有铅笔和毛笔的修改痕迹。

毛泽东是用铅笔修改的：第一处，将第一条国旗的注意事项"色彩以赤色为主"中的"赤"字改为"红"字；第二处，将第三条国歌歌词的注意事项"毛泽东思想"改为"新民主主义"；第三处，将第五条截止日期由"八月十日"改为"八月二十日"；第四处，将第六条收件地点由"北平市政府叶剑英市长转"改为"北平本会"；第五处，将落款"新政治协商会议筹备会"后加一"启"字；第六处，将落款时间明确为

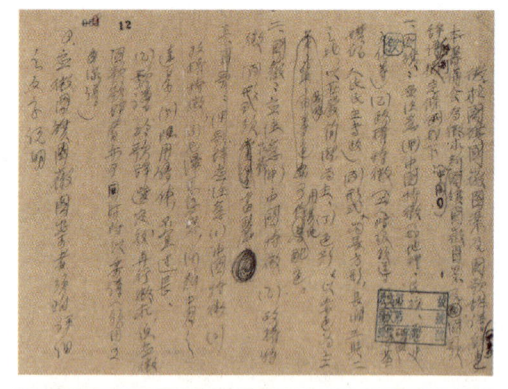

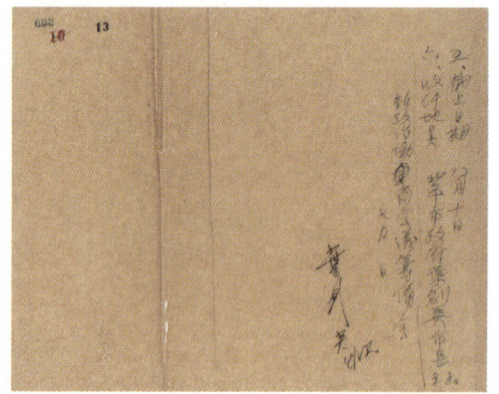

共和国之徽 中华人民共和国国徽诞生记

◆ 新政治协商筹备会第六小组所拟《启事》（草案）

"七月十日"。

第一处修改最为重要，变"赤"为"红"，这是对《启事》内容的实质性修改，这样，飘扬在中国大地上的五星红旗的底色就此产生。毛泽东未标注具体批改日期，但从修改痕迹可以明显看出应该是在周恩来修改之前。

新政治协商会议筹备会期间，周恩来最为忙碌。时任秘书处第三科科长的尹进见证了这一情形："周恩来同志可以

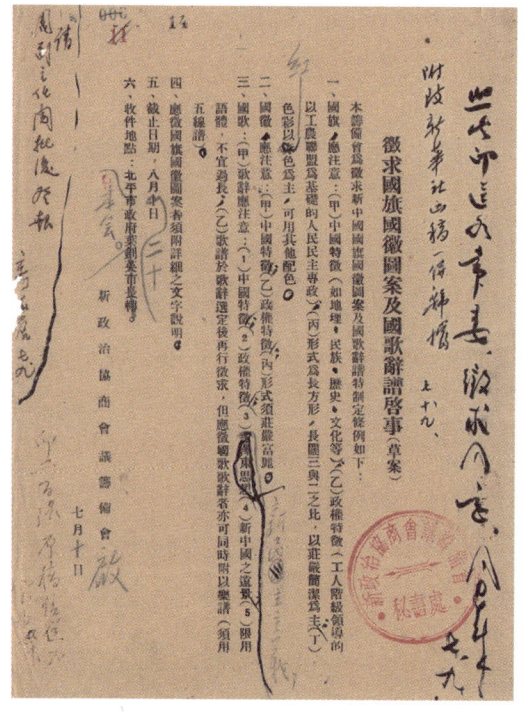

◆ 毛泽东、周恩来修改后的《启事》（草案）

说是那时最忙碌的人，不仅白天工作，且时常夜间加班。他有位随从卫士，时常在我们上午上班期间到我的工作位置，微笑着用右手向隔壁一指，我立刻明白，又是周恩来同志在隔壁室内小睡了，要我告诉大家工作中保持安静。单从这一点，就足见当年周恩来同志每天夜以继日工作的忙碌情景了。"

7月9日凌晨3点，周恩来参加活动后刚回到寓所，一看到办公桌上案卷第一页有一份《启事》（草案）的清样，就知道要等他签发。周恩来不顾疲倦，立即审阅了草案全文，并用毛笔做了认真修改，批示"照此印送各常委，征求同意"。

7月10日，新政治协商会议筹备会秘书处向常务委员呈送了《启事》（草案）的修正稿征求意见书。

当天，周恩来、蔡畅、马叙伦、郭沫若、张奚若签字，表示同意。

7月11日，毛泽东、林伯渠、沈雁冰、蔡廷锴签字，表示同意。

7月12日，李济深、张澜、沈钧儒、谭平山签字，表示同意。

章伯钧签字表示同意，没有落款时间。

至7月13日，共有14位常务委员表示同意，正好达到常务委员的2/3。马寅初、乌兰夫、陈叔通、陈嘉庚、黄炎培5位常务委员不在北平，因而没有他们的签字。

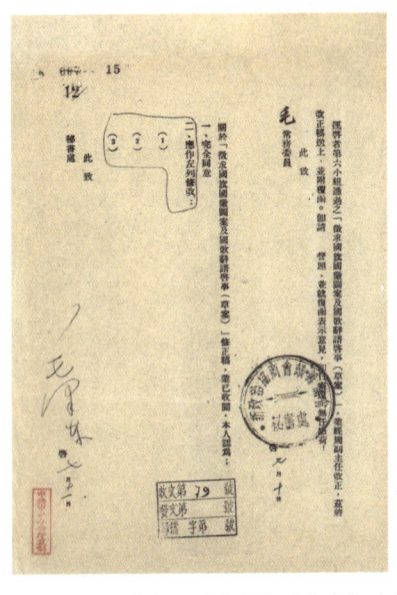

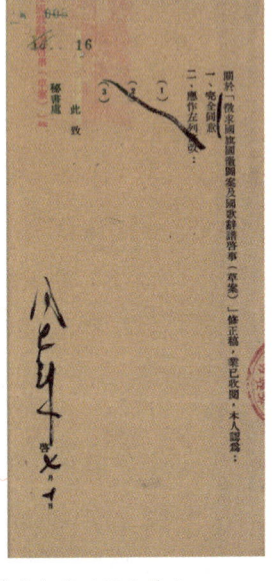

◆ 毛泽东、周恩来在《启事》（草案）修正稿上签名

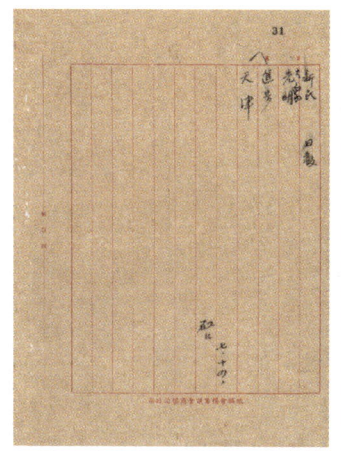

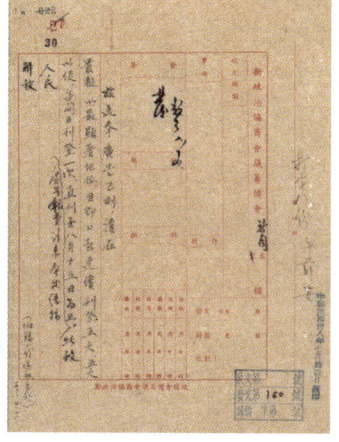

◆ 新政治协商会议筹委会新闻处关于刊登《启事》给各报社的通知

7月12日，新政治协商会议筹备会副秘书长孙起孟主持第10次秘书长会议，决定在13个城市的报纸显著位置刊登广告，第一次连续登七天，第二次隔一天一登，至8月20日截止。

7月14日，按照新政治协商会议筹备会秘书长会议要求，新闻处给《人民日报》《北平解放报》《天津日报》《新民报》《大众日报》《光明日报》《进步日报》等多家报刊发出刊登关于《新政治协商会议筹备会为征求国旗国徽图案及国歌词谱启事》的通知："兹送奉广告乙则，请在贵报，以最显著地位，自即日起连续刊登五天，五天以后，每间日刊登一次，直刊至八月十五日为止。"截止日期较上一次会议要求提前了5天，可见时间紧迫。7月14日至8月15日，《人民日报》等多家报刊于显著位置对其进行刊登。

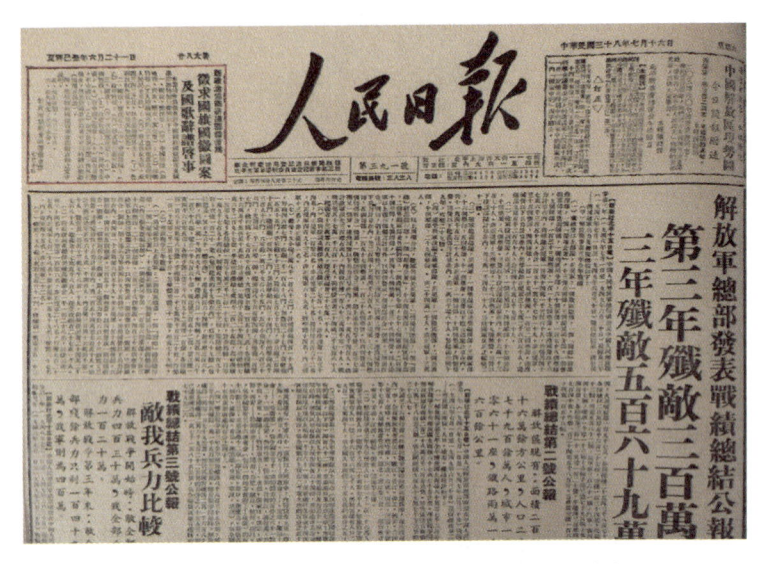

共和国之徽 中华人民共和国国徽诞生记

◆ 1949年7月16日,《人民日报》刊登《启事》

从《启事》可以看出,国徽的注意事项共有三条,其中第一、第二两条与国旗、国歌是通用的,要有中国特征(如地理、民族、历史、文化等)、政权特征(工人阶级领导的工农联盟为基础的人民民主专政),第三条"形式须庄严富丽"。三条要求看似简单,但后来的事实证明,国徽设计的难度是超乎想象的。

《启事》刊登后,国内其他报纸及海外各华侨报纸纷纷转载,社会反响强烈。人们都以极大的热情参与其中,以此来表达对新中国由衷的热爱之情。

投稿者中既有高级干部、将军,也有著名艺术家、学者,还有普通军人、工人、农民、学生等。投稿者遍及全国各地,以东北三省、北平、上海为最多,也有的来自尚未解放的地区和港澳地区,甚至海外。

朱德、郭沫若等也提交了自己设计的国旗图案。朱德还画了一个国徽图案，图案底边有四条黄色曲线，代表着黄河、长江、珠江、黑龙江，上面飘扬着一面红旗，左上方有一颗黄星。他特地请秘书将设计图案递交给第六小组。

根据《启事》的要求，应征的稿件统一寄到新政治协商会议筹备会秘书处。一时间，大批应征稿件纷至沓来，涌向新政治协商会议筹备会秘书处。稿件堆叠如山，处长梁蔼然抽调其他小组的工作人员来帮忙处理，筹备会秘书处一派繁忙景象。

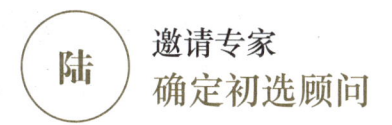

陆　邀请专家　确定初选顾问

北京饭店——北京最早的西式饭店，始建于1900年，原是两个法国年轻人在北京崇文门内大街苏州胡同开设的一家小酒馆。1901年，酒馆迁到东单菜市西侧，正式挂上了"北京饭店"的招牌。1903年，北京饭店迁至东长安街王府井南口。1917年，北京饭店再度扩建，在饭店旧楼西侧建起一座7层法式洋楼。当时，北京饭店已经拥有了"远东唯一豪华酒店"的美誉。

1949年2月3日，北平和平解放不久，周恩来就通过电报指示刚刚到达北平的中央统战部秘书长齐燕铭，要他首先接收中南海和北京饭店。中南海随即成为新政治协商筹备

共和国之徽 中华人民共和国国徽诞生记

会议和中国人民政治协商会议第一届全体会议的会址,而北京饭店则成为与会代表们的下榻之地。由此,北京饭店成为新中国举办国务活动和外事接待的重要场所。

新政治协商会议筹备会秘书处收到稿件后,再由专人统一送到北京饭店,交给第六小组。有一天,秘书处第三科科长尹进受命把收到的部分应征稿件带至北京饭店,交给住在那里的常务委员和一批著名民主人士审阅,并征集意见。他先后到了李济深、蔡廷锴、蔡畅、郭沫若等人的房间,其中数郭沫若看得最仔细,谈得也最多。

8月4日,第六小组发出召开新政治协商会议筹备会第

◆ 20世纪60年代北京饭店外景

二次全体会议的通知。第六小组成员有8位（张澜、马叙伦、张奚若、田汉、郭沫若、沈雁冰、郑振铎、翦伯赞）住在北京饭店，为方便起见，会议在北京饭店召开。

8月5日，马叙伦在北京饭店六楼大厅主持召开第六小组第二次全体会议，主要议题是审查稿件。翦伯赞、沈雁冰、郑振铎、张奚若、郭沫若、钱三强、田汉、欧阳予倩出席。

> 主　席（指马叙伦——笔者注）：（读秘书写的报告）直至八月二日止，第六小组共收到各方寄来之国旗、国徽、国歌歌词稿件共六百一十二件，其内国旗图案四百五十九件，国歌歌词一百二十五件，国徽图案二十八件。国旗、国徽投稿中大部分是意见式的略图，除个别外，都没有精细的图案。从投稿地点看，已解放的地方都有来稿。投稿人包括工、农、学、商、教员等阶级阶层；工人、学生、教员投稿最多。从内容看，以星、斧、镰之各种画法所组成之图案最多，共一百七十七件。其次是以齿轮、嘉禾所绘成者五十九件。以各种色彩、线条所组成者五十八件。以中国地图所绘成者四十二件。以工、人、众、中、民等字，所绘者四十二件。其他各种一共只有八十四件。关于国徽投稿者都误为国标，因此所有投稿者都绘有与国旗一样之国标为国徽，真正符合我们所征求之国徽标准"富丽堂皇者"还没有。另外还有许多投稿者，要求给复信或退稿，希望小组给一处理办法。

共和国之徽 —— 中华人民共和国国徽诞生记

◆ 沈雁冰（左）与叶圣陶在政协会议上

我们先把最后、最简单的一项，确定下来。

郑振铎：假如秘书不怕麻烦应给退回去。

翦伯赞：是应给退回。

主　席：要求退稿的退回，不要求退的就不退。

郑振铎：一律退还，留着没有用处！

翦伯赞：今天开会的要点是什么？

主　席：审查稿件，请大家挑选一下。

郭沫若：是否一定要请专家看？

田　汉：国旗、国徽、国歌都要请专家看。

郭沫若：国旗、国徽要什么专家看呢？画家要审查有什么益处？

田　汉：要专家看好。

张奚若：专家审查是审查，不过我们要看，最后决定还是我们。他们审查时我们不必去，专家和我们分别开会，审查后一定要给我们看。

郑振铎：好！我们先看然后再叫他们看，到二十一号（徽稿截止期——注），也不一定有好的；假如有好的，可继续拿来。

主　席：根据上次的专家名单，计有吴作人、叶浅予、倪贻德、丁聪、徐悲鸿、钟灵、古元、华君武、孟化风、李桦、胡蛮、特伟、梁思成、林徽因、艾青、江丰、蔡若虹、张仃。这是正式提出的吗？

郑振铎：没有，只是随便提提。

沈雁冰：上次我们商定设两个委员会，国旗、国徽初选委员会和国歌歌词初选委员会，最好不推翻上次的决定，按照决定做。

主　席：现在第一件事关于请专家，上次只是提出，不过没有决定，现在决定一下。上次提出的人数是十八人，其中有八人确知在北平，其他的是否先除名？

郑振铎：不要这些位，因用不了这么些！

郭沫若：是不是一定非要专家参加不可？参加的话是否要决定人数？

张奚若：让专家看完后，可派一人来我们这里，说明他们为什么要选这些；只要一个人来说明就够了。

郑振铎：现在音协、美协都已经成立了，也可以让他们来参加。

沈雁冰：音协、美协参加也行，还是不推翻上次决议。小组有两个委员会，我们小组的人都分在这两个小组中，这是上次的办法，并没有什么行不通的，还是不要推翻才好。奚老讲让专家派代表参加开会，这是可以的，我们大家先看第一次，看后再请专家看，但不由专家决定。

主　席：可以这样，依照上次会议决定，不必改动，我们今天就算第一次审查，把选出这些给专家们看，再把我们的意思综合告诉给他们。

田　汉：我以为我们应慎重一下，刚才我就没有参加挑选，各方面的投稿很多，这种动机是好的，我们看完后应全部请专家们看看，征求他们意见后，再拿给我们看，如此反复，就慎重多了。

主　席：这和田先生的意见并没有冲突，我们把全部的都拿给他们看，再把我们的意见也告诉专家。这几位专家是否决定？

彭光涵：也可请专家根据我们的意见重新设计出图案来。

主　席：这办法也好，把我们的意思交给他们。

郭沫若：文学家不一定会画国旗、国徽。另外从文学家以外再聘请一两位见过国旗、国徽比较多，且有政治理论修养较高的参加选评。

张奚若：你预备有人吗？

郭沫若：还没有想到。最后可请毛主席看看。

主　席：现在大家斟酌一下，人太多就不太好。

（经大家商量的结果决定请徐悲鸿、梁思成、艾青三专家。）

今天算第一次审查，不过审查手续没有确定，最好让每个人都看过才好。审查，不一定开会，可以传阅。

郑振铎：附一个单子在上面，每人看过后在上面签个名字。

主　席：这样也好。关于分组，上次是这样的，国旗国徽图案初选委员会有翦伯赞、蔡畅、李立三、叶剑英、田汉、郑振铎、廖承志、张奚若八人，国歌词谱初选委员会有田汉、沈雁冰、钱三强、欧阳予倩、郭沫若五人。

沈雁冰：你（指郭沫若）怎样？两面都兼。

钱三强：马先生也应该兼兼。

沈雁冰：兼就兼吧，无所谓（决定郭沫若及马叙伦两面都兼）。

主　席：我们重新再看看，慎重一下，花上半天工夫，把选出来的装在一起。继续投稿的，随到随看。

田　汉：另外我有意见，我们挑选出来的，可交给一个专家，他可以聘请人，选出来后再交给我们看，这样可以多次反复地看。

主　席：这样要三次。大家挑选出来，送交给专家，他们提出意见后再送交政治家审查。

张奚若：这三种手续都可以不用外面的人，我们这些见闻也很广，不用再找什么政治比较强的审查。郭先生的意思是否另外还要找几个政治性比较强的呢？

翦伯赞：我看由我们自己来审查，因时间不多，他们看完后，我们再看看政治意义如何。

主　席：这样也好，国旗国徽已决定请三位专家。另外国歌呢，根据上次名单中国歌专家有马思聪、吕骥、贺绿汀、盛家伦、许勇三、周小燕、姚锦新、李焕之、老志诚、周巍峙、江定仙、沈知白、向隅、安波、何士德、赵渢。

张奚若：我是一个外行，听人家讲姚锦新很好，他新从外国回来，对音乐方面很有研究，尤其在民歌方面。

沈雁冰：这个名单我们可以审定。现在这样，无论哪一方面的人也是各方面照顾，我曾向贺绿汀问哪个人有特色呢？他介绍姚锦新，是女的，曾在华北大学文工团，人很好。

主　席：关于国歌方面就决定请马思聪、吕骥、贺绿汀、姚锦新四人，现在两部分专家名单都已拟定，照上次的决议，名单提出后应请常务委员决定。

郭沫若：国歌稿件，请誊抄出来再看看。

沈雁冰：誊抄出来，再印发给大家看是否必要？

彭光涵：经最初挑选后再印发给大家，否则太不经济了。

主　席：好！国旗初选后，稿子上最好编上号码，请大家轮流传阅。

郑振铎：我记得有些书上面有很多国旗图样很值得一看。

张奚若：有一本法国词典，里头印有全世界的国旗。

主　席：大家找一些图样也好，让专家们也可以参阅一下。

在第六小组第二次会议上，大家发言踊跃，畅所欲言。从激烈的讨论中，可以看出他们对待工作的认真态度。在协商讨论的民主氛围中，大家逐步凝聚共识，这也反映了国徽设计之初，小组人员的急迫心情和艰辛的探索。因为这毕竟是国家的大事，大家没有做过的事。

彭光涵作为小组秘书，进行了两次发言，很有见地，都得到了组长马叙伦的认可。尤其是第一次发言提出请专家设计的建议十分重要。应征稿件都是由彭光涵进行初步整理、分类的，他对来稿最为熟悉，因此他的建议也很有预见性。后来，国徽的设计也正是邀请专家完成的。

随后，第六小组对审稿问题提出明确要求：

全部应征稿件先由顾问提出意见，交付有关初选委员会审阅，再提交本组全体会议决定。

来稿由秘书送有关初选委员会委员及专家传阅。各委员及专家接到稿件后，必须抽出一定时间，检阅来稿，并可从中选出自己认为较好的稿件提交各委员会讨论。

这是考虑委员、专家大都事务繁忙而做出的要求，第六小组组员有的还在其他小组任职，比如郭沫若任第四小组组长，马寅初、马叙伦、蔡畅、李立三为第一小组组员。

鉴于国徽的应征稿件较少，第六小组要求大家分头收集国徽有关图样，以供参考。

8月17日，新政治协商会议筹备会秘书处根据第六小组的建议，就聘请梁思成等7位专家为顾问一事，专门起草了函件，并发放聘书以示郑重。经筹备会副秘书长孙起孟批示，聘书由彭光涵转交给各位专家。

此后，专家们就开始认真地履行职责，贡献着自己的智慧与心血。

柒 国徽初选
应征稿不理想

8月18日至20日，是第六小组确定的选稿日期。为了方便选稿工作，北京饭店413号会客室被当作临时选阅室，所有的应征稿件便集中陈列在此，大多为国旗的设计图案，国徽的较少，可见国徽设计的难度。

第六小组成员和专家为海内外投稿者们的热情所感动，他们深感责任重大，决心不辜负全国人民的重托与期盼，工作不敢有丝毫懈怠。

据彭光涵回忆："第六小组成员和专家绝大多数人差不多天天来审阅和评选应征稿，他们边审阅、边评选、边议论。

当时马叙伦、沈雁冰、田汉、郑振铎、梁思成、郭沫若、艾青、罗叔章（代表蔡畅）等人都是全天埋头审阅群众来稿，他们经常赞扬来稿人认真、严肃、负责的精神，并认真挑选讨论其中较好的各类作品。"

尽管当时北京饭店的条件是北平最好的，但是在夏天也没有风扇。据郑振铎的儿子郑尔康回忆："1949年9月，我和母亲初到北京——当时还叫北平——不久，全家暂住在北京饭店四楼的一套房间里。虽已是入了秋，但天黑得仍很晚。夏日的余热未消，那时饭店设备较简陋，室内没有电扇，故而大家都要在阳台上乘凉到很晚才回屋睡觉。"

第六小组成员和专家在选稿时，正值8月中旬，北平天气还是很热的，他们在选阅室阅稿时挥汗如雨，工作非常辛苦。

8月22日，集中选稿工作结束后，马叙伦在北京饭店413室主持召开国旗国徽图案初选委员会第一次会议。翦伯赞、郑振铎、沈雁冰、徐悲鸿、罗叔章（代蔡畅）、梁思成、张奚若、艾青出席，吴作人列席。

与会人员首先对应征者严肃认真的态度给予了表扬，梁

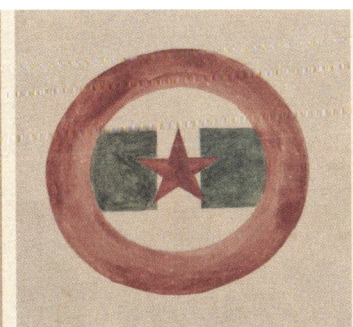

◆ 国徽部分应征图案

思成建议等图案选定后开一个展览会,供大家参观。在讨论国徽图案时:

  马叙伦:国徽怎么办?
  郑振铎:现在一个都没有(指好的而言)。
  张奚若:再等吗?
  马叙伦:我们就连国徽参考图样都不提出吗?
  张奚若、郑振铎:我们说都要不得。
  梁思成:在国徽上一定要把中国传统艺术表现出来,汉唐有很多东西可供参考。
  沈雁冰、徐悲鸿:这个徽上的朱雀也很好看。
  郑振铎:椭圆比圆的好看,应该有字(指国徽底部带字的一张)。
  罗叔章:应该有字。
  马叙伦:今天我们提出哪几张作参考?(主席照大家评论的几张收集起来。会后计数初选结果共四幅)。
  徐悲鸿:教我们感动的是作者都非常严肃、认真,一点也没开玩笑的。

  会后,鉴于国徽图案太少,也没有较好的图案,马叙伦决定采用彭光涵的建议,另请专家拟制新的国徽图案。
  8月24日,北京饭店六楼大厅,马叙伦主持召开新政治协商会议筹备会第六小组第三次全体会议。叶剑英(马叙伦代)、沈雁冰、张奚若、郑振铎、翦伯赞、郭沫若、廖承志(沈雁冰代)、田汉、钱三强、梁思成、姚锦新、萧三、柯仲平、艾青、欧阳予倩出席。

马叙伦首先说明了此次会议的主题,就是挑选国旗、国徽图案和国歌歌词。经过大家的讨论,决定复选出 17 幅国旗图案,提供常务委员会会议审核;复选 13 篇国歌歌词,但是这些歌词"尚未臻完善",所以仍由文艺专家继续拟制;关于国徽的图案"只能提出参考,不能决定",由于国徽"收到作品太少,且也无可采用者,已另请专家拟制,俟收到图案之后再行提请决定"。

8 月 26 日,在新政治协商会议筹备会常务委员会第四次全体会议上,周恩来对马叙伦领导的第六小组的工作提出表扬:"第六小组马老的成绩很大,国旗收了 1000 多件。"马叙伦在汇报国旗、国歌的初选情况后说:"国徽在请专家画,半个月才能搞成,画好了再给大家看。"

捌 另请专家 张仃钟灵受邀

第六小组邀请的拟制国徽的专家是何许人也?谁能进入第六小组的视野呢?

他们邀请的是张仃、钟灵,在延安时期,他们就已经很有名气了。

张仃原名张冠城,号它山。张仃于 1938 年赴延安,在延安鲁迅艺术文学院（这是中国共产党在抗日战争时期建立的一所综合性文学艺术学校，是中央美术学院的前身之一）美术系任教，后任延安工艺美术社社长等职，担任"部队大生产展览会"的美术总体设计，其间他创作、设计了许多美术作品。

钟灵，字毓秀。他在陕甘宁边区做文化教育工作，在延安各报刊发表木刻、漫画作品多幅，还设计了"宝塔山"邮票。

1949年初，钟灵作为中央机关先遣队进驻中南海，任中南海办事处第一组组长，不久任新政治协商会议筹备会庶务处布置科科长（中南海办事处和庶务处是"一个机构两块牌子"），负责勤政殿、怀仁堂、开国大典等的布置工作。

此时，张仃从东北调到北平，作为美术顾问受邀参与中南海怀仁堂、勤政殿的改造，政协会议美术设计（包括中国人民政治协商会议会徽、中国人民政治协商会议第一届全体会议邮票），开国大典的美术设计等工作。

《启事》发布以后，张仃、钟灵积极参与。在1949年9月中国人民政治协商会议筹备会编印的《国旗图案参考资料》中，共收入38幅国旗图案，张仃、钟灵等设计的国旗就有5幅。在《国旗国徽国歌档案目录》（1950年）中可以看到，张仃、钟灵、周光远、萧淑华集体参与了国徽的创作。第六小组经过认真讨论和审阅后，认为张仃、钟灵设计的国徽图案比较好，他们因此受邀。

此时，张仃、钟灵手里的工作非常繁重，接受国徽设计任务后，他们只能抽时间进行设计。为了设计好国徽，他们广泛听取了代表们的意见。一位南方代表提出，稻麦是我国人民的主要食粮，国徽上既要有麦子，也要有稻子。北方人多食麦，南方人多食稻，因此他们便将稻麦设计进国徽，将麦穗置于上方，稻穗置于下方。

经过认真调研，张仃、钟灵在复选第一号的基础上，参照中国人民政治协商会议会徽，设计了新的国徽图案。

1949年7月，新政治协商会议筹备会决定启动会徽设计工作。经过各种会徽方案讨论，选定由张仃和周令钊设计的会徽图稿。

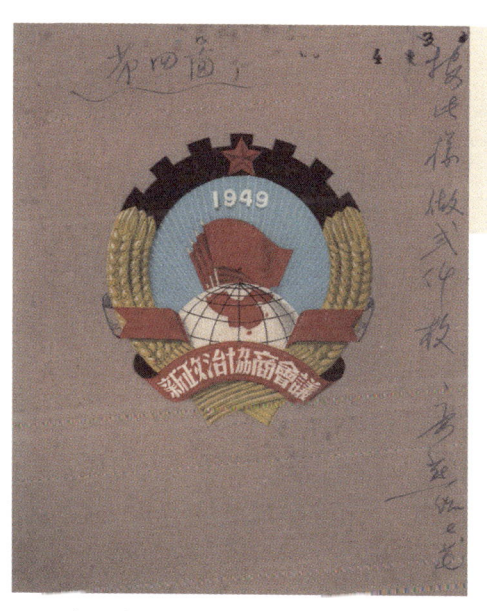

中国人民政治协商会议会徽庄严富丽，以一颗红光闪闪的五角星、四面迎风飘扬的红旗和白色地球衬托的红色中国地图为中心，光芒四射的蔚蓝色天幕做背景，周围是红色缎带连接起来的瓦蓝色齿轮和金黄色麦穗。2018年3月，新修订的《中国人民政治协商会议章程》对会徽含义表述为：中国人民政治协商会议会徽中，一颗五角星表示中国共产党领导，齿轮和麦穗表示以工农联盟为基础，四面红旗和缎带表示各党派、各团体、

● 齐燕铭副秘书长关于按新政治协商会议会徽图样第四图做样品的批示

各民族、各阶层的大团结大联合；中国地图和地球表示全国人民包括香港特别行政区同胞、澳门特别行政区同胞、台湾同胞和海外侨胞的团结；"1949"和"中国人民政治协商会议"分别为诞生时间、名称。

9月14日，北京饭店东餐厅。马叙伦主持召开新政治协商会议筹备会第六小组第四次全体会议。陈嘉庚、郑振铎、马寅初、郭沫若、李立三、徐悲鸿、欧阳予倩、张奚若、沈雁冰、田汉、翦伯赞、艾青、贺绿汀出席。

马叙伦首先传达了毛泽东的要求。马叙伦说："我们把上次全体会议选出的国旗图案，送毛主席与中共中央看了看……毛主席说，国旗上不一定要表明工农联盟，国徽上可以表明。"显然，这是毛泽东深思熟虑后做出的要求。

工农联盟在毛泽东心中的位置有多重要，我们通过一个细节就可看出来。9月17日，新政治协商会议筹备会第二次全体会议开幕会结束后，《新民报》记者章正续看到毛泽东蹲在地上看新国徽临本，听见毛泽东说："这张麦穗高，预兆农村丰收，那张烟囱长表示工业发展，既照顾工，又照顾农，工农发展，国富日增，这就是明日的新中国。"毛泽东关于国徽上表明工农联盟的要求，对于国徽设计有重大的指导意义，成为设计国徽图案所必须遵循的原则，并最终体现在国徽图案中。

经大家投票，第六小组选出国旗图案第17号与第11号修改图及国徽图案两张，提交常务委员会参考，并推选艾青、徐悲鸿、贺绿汀设计国旗线条的比例与国徽的配色。

马叙伦表示："国歌在正式大会赶不出，也可以晚一点儿。国旗必须在正式大会上讨论通过……国徽希望能在会上搞出来。"

会后,第六小组把毛泽东关于国徽上体现工农联盟的要求传达给张仃、钟灵,让他们在设计国徽时要表现出来。为了落实毛泽东的要求,张仃、钟灵设计了齿轮和嘉禾的结合图案,齿轮露出部分在上方,表现工人阶级居于领导地位,以稻麦代表农,以此来代表工农联盟。

他们一开始画了10多幅国徽设计图案,布局基本相同,细节处有区别:上方是齿轮,中央是五角星照耀下的地球,中国版图是红色的,左右用稻麦环绕,下方是写有国名的红绶带。图案色彩鲜艳,象征性丰富,可以明显看出和中国人民政治协商会议会徽的传承关系。张仃的儿子张郎郎回忆,当时家里到处都是国徽各种图案的设计图纸。

第六小组经过认真的研究,选取其中的5幅图案,于9月25日以"人民政治协商会议筹备会"的名义编印成《国徽图案参考资料》,图注为:复选第一号第一修正图至第五修正图。

在《国徽图案参考资料》中,张仃、钟灵关于复选修正图案说明如下:

> 甲·设计含义总说
> 工人阶级(经过共产党)领导的,以工农联盟为基础的,人民民主专政的中华人民共和国,像一个太阳一样,在东方升起。
> 这一有五千年悠久历史与文化的伟大古国,在

共产主义的光芒照射之下，获得了解放。

这一历史性的变革，为我们伟大祖国创设了富强康乐的先决条件；而且也给予东方所有遭受帝国主义侵略和迫害的国家人民增强了信心，指出了方向。中国的解放，是全世界（特别是东方）各殖民地半殖民地国家的光明和希望。

乙·纹样含义详解

（一）齿轮，嘉禾的结合，代表工农联盟。

（1）齿轮露出部分在上方，表现工人阶级居于领导地位。露出五个齿，代表"红五月"。青色，表示钢铁。

（2）以稻麦代表农。稻麦是我国人民主要食粮，（北方人多食麦，南方人多食稻。）根据地球的方向——上北下南，将麦穗置于上方，稻穗置于下方。

（3）嘉禾之下部，以红带束起，象征着全国人民紧密地团结，并象征着国家富强、康乐。红带上以庄严正楷的宋字，写出国家名称。

（二）衬景及五角红星，代表工人阶级的先锋队——共产党的领导，及共产主义的光芒普照全球。

（1）五角红星放置最中心地位，整个图案看起来，是团结在共产党的周围。

（2）地球的光芒，象征东方的黎明。光芒共三十一道，代表我国三十一个行政省和自治区。（省和自治区如有增加，光芒亦随之增加。）

（三）地球上面将我国版图显露出来，表现了

國徽圖案參考資料

人民政治協商會議籌備會編印

一九四九年九月廿五日

◆《国徽图案参考资料》的封面

◆ 张仃、钟灵设计的国徽复选第一号第一修正图

◆ 张仃、钟灵设计的国徽复选第一号第二修正图

◆ 张仃、钟灵设计的国徽复选第一号第三修正图

◆ 张仃、钟灵设计的国徽复选第一号第四修正图

◆ 张仃、钟灵设计的国徽复选第一号第五修正图

我国特征——地域辽阔广大。

（1）我国版图的位置，和经纬线的关系，指明了我国的地理环境。

（2）我国版图用红色，代表解放了的新中国。

（3）除我国外，在地球显露部分，尚看得出日本、朝鲜、菲律宾、印度、缅甸、泰国、越南等国。烘托出中国革命的胜利，在东方所起的伟大作用。

张仃、钟灵对设计含义、纹样含义都做了详细的阐释，此外还对彩色印法、单色印法、浮雕制法、平面板型制法、刺绣5种类型制印法做了解说，表明他们对如何制印国徽问题已经有了深入的思考。

在此期间，第六小组全体成员深感责任重大，使命光荣，又召开了多次座谈会，反复讨论、审阅。

玖　开国盛会
政协一届全会

1949年9月21日至9月30日，中南海怀仁堂。新中国的开国盛会——中国人民政治协商会议第一届全体会议隆重举行。

怀仁堂的前身是仪鸾殿，始建于1887年（清朝光绪十三年），是中南海内主要建筑之一，位于丰泽园东北。1900年，八国联军攻占北京，仪鸾殿成为八国联军的指挥部。后来因

共和国之徽 中华人民共和国国徽诞生记

该建筑遭到焚毁,1902年,在原址重建,改名为佛照楼。1911年辛亥革命后,其改名为怀仁堂,为接见外宾、接受元旦拜贺之用,后来被总统黎元洪、徐世昌沿用,曹锟将其改为眷属居住场所。北洋政府结束后,怀仁堂长期被闲置。

1949年7月中旬,时任清华大学营建系主任的梁思成被聘请为主持改造怀仁堂会场的负责人,负责设计会场,参与艺术设计工作的有徐悲鸿(时任国立北平艺术专科学校校长)、叶浅予(时任国立北平艺术专科学校教师)、张仃、钟灵等,全部建筑工程由公兴顺营造厂承包。在新政治协商会议筹备会的工作人员和全体工人的通力合作下,他们仅用

◆ 中南海怀仁堂

18天就高效地完成了怀仁堂会场设计改建任务。这是在当时有限的条件下，为大会布置得最好的会场了。

改造后的怀仁堂会场布置得庄严、朴素、壮丽。主席台的横额是排成弧形的"中国人民政治协商会议万岁"12个红丝绒字。主席台上悬挂着孙中山、毛泽东的巨幅画像，画像中间是中国人民政治协商会议会徽，会徽后面衬着杏黄色的幕布。代表中国人民解放军四大野战军的军旗矗立在政协会徽的两侧。主席台左右两侧悬挂着油画《支援前线图》《投豆选举图》，分别展现人民纷纷支援前线、农民选举的场面。

党派代表的席位在主席台右前方，中共代表位于第一排，毛泽东为首席；主席台左前方为部队代表的席位，人民解放军总部位于第一排，朱德为首席；解放军后面是特邀代表，区域代表和团体代表的席位在党派代表和部队代表的两旁。

中南海新华门经过油饰，焕然一新，鲜艳夺目，"中国人民政治协商会议第一届全体会议"的会标和巨大的政协会徽就悬挂在新华门上，二层悬挂着6个巨型的宫灯，两边的围墙上各竖立着4面红旗，迎风招展，一派浓浓的喜庆氛围，引得行人驻足观看。

9月21日19时，中国人民政治协商会议第一届全体会议在中南海怀仁堂隆重开幕。会场上灯火辉煌，光芒四射，主席台前鲜花环绕。

参加会议的代表分为党派代表、军队代表、特邀代表、区域代表、团体代表五大类，共45个单位，正式代表510人、候补代表77人、特别邀请代表75人，共计代表662人。其中有各民主党派和无党派民主人士，包括11个少数民族和

◆ 中国人民政治协商会议第一届全体会议开幕时的中南海新华门

各国华侨的代表，团结面十分广泛。按已知年龄的602人统计，年龄最高的是萨镇冰93岁（未到会），年龄最小的是台湾民主自治同盟代表田富达（台湾省高山族）21岁，周恩来称之为"四代同堂"。

19时26分，毛泽东庄严宣布："全国人民所渴望的政治协商会议现在开幕了。"军乐队奏起《中国人民解放军进行曲》，会场外礼炮齐鸣。全场代表一致起立，雷鸣般的掌声长达5分钟之久，整个怀仁堂沸腾了。

毛泽东宣布："中国人民政治协商会议在自己的议程中将要制定中国人民政治协商会议的组织法，制定中华人民共和国中央人民政府的组织法，制定中国人民政治协商会议的共同纲领，选举中国人民政治协商会议的全国委员会，选举中华人民共和国中央人民政府委员会,制定中华人民共和国的国旗和国徽,决定中华人民共和国国都的所在地以及采取和世界大多数国家一样的年号。"毛泽东指出了大会的任务和主要工作,制定中华人民共和国国徽是大会的一项重要任务。

接着,毛泽东豪迈地宣告:"我们有一个共同的感觉,这就是我们的工作将写在人类的历史上,它将表明:占人类总数四分之一的中国人从此站立起来了。"

这次大会还有一个鲜为人知的插曲。会议刚开始不久,外面就下起了大雨,电闪雷鸣,会场的电灯曾短时间熄灭。等到散会时,已经是22时30分了,这时雷雨已止,又是满天星斗了。为此,第二天的《光明日报》发表文章指出:"新中国是在暴风骤雨中诞生的,正因此,她更坚强、更无畏、更能战胜一切,走向新生。"

开幕会结束后,接着召开主席团会议,通过常务委员名单,及各委员会人选等事宜。以后几天会议都是如此,有关重要问

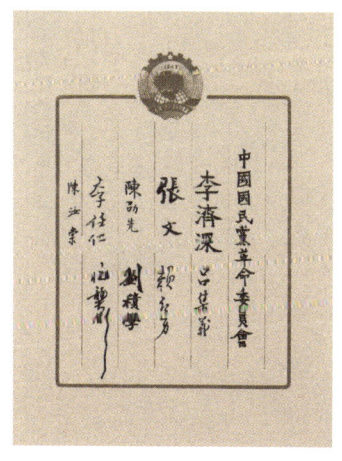

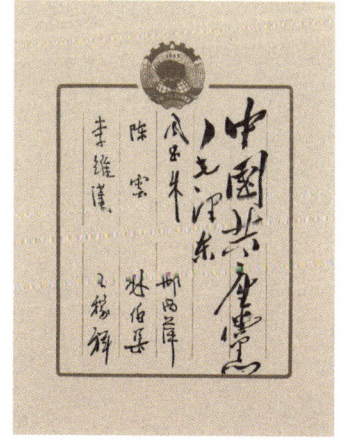

◆ 中国人民政治协商会议第一届全体会议的会议签到纸

题先经主席团常务委员会会议审议或决定,然后提交大会讨论、通过。

9月22日,《人民日报》发表文章《中华人民共和国开国盛典 中国人民政协开幕》,并发表社论《旧中国灭亡了,新中国诞生了!》。

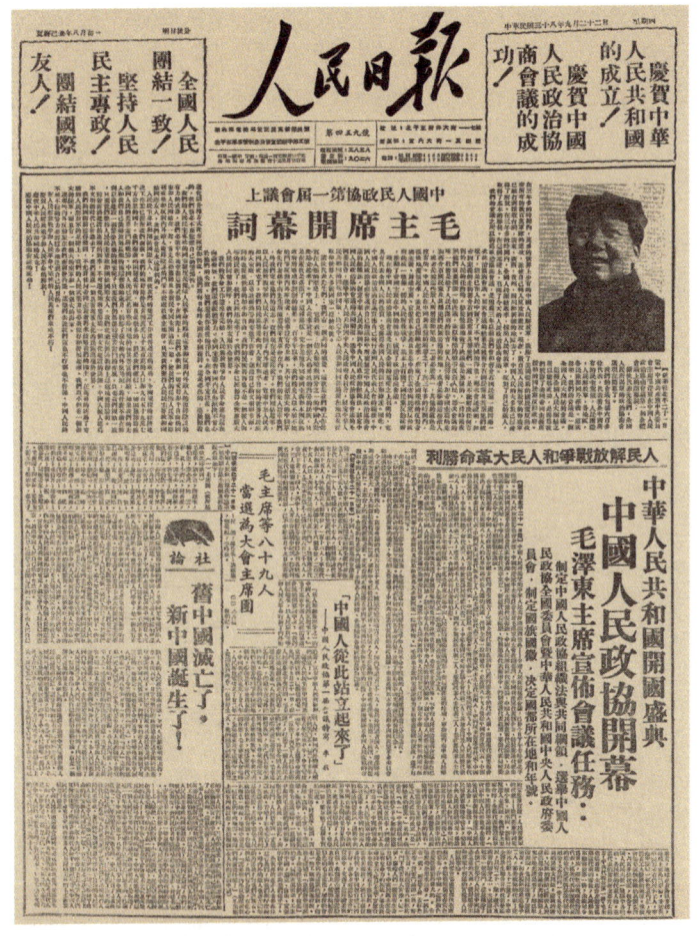

◆ 1949年9月22日《人民日报》(第1版)

中国人民政治协商会议的开幕,是中国光辉灿烂的人民的新世纪的开端。这是全中国人民空前大团结的会议。这个会议宣告了旧中国的永远灭亡和新中国的伟大诞生。这个会议,在全世界进步人类为世界和平民主事业与人类美好的未来而进行的伟大斗争中,是一个具有重大意义的永远不可磨灭的贡献。

9月21日,就在大会开幕的当天,根据新政治协商会议筹备会第二次全体会议决定,马叙伦、沈雁冰以第六小组组长、副组长的名义,向大会主席团提交了书面报告——《本会议拟制国旗国徽国歌方案组报告》。

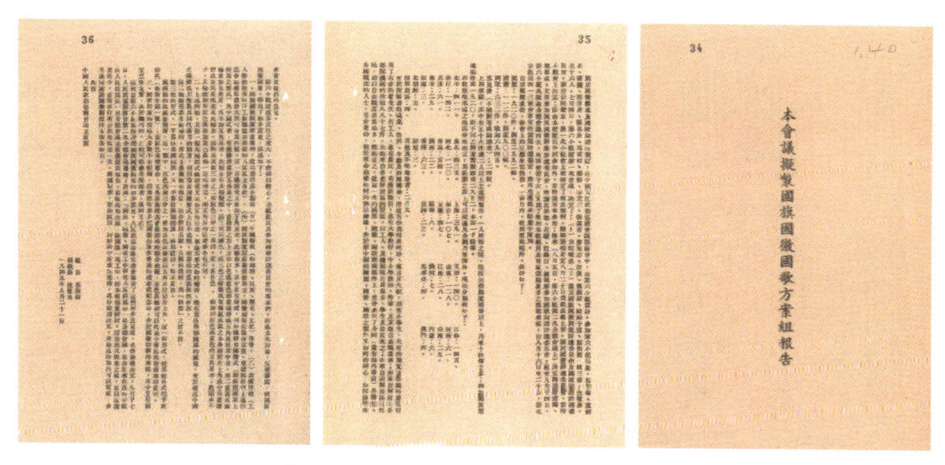

◆ 《本会议拟制国旗国徽国歌方案组报告》

报告对第六小组的前期工作做了全面总结,汇报了人员组成、开会情况、收稿情况。关于国徽的选稿初步意见是"国徽图案的投稿大多数不合体制，因为应征者多把国徽想象作普通的证章或纪念章。合于国徽体制的来稿，其中又有图案意味太重，过于纤巧的。比较可供参考采择者，仅四五式"。可见，国徽的初选情况一点儿也不乐观。

根据大会日程安排，9月30日大会闭幕，9月27日就要讨论和通过有关国旗国徽国歌等的决议案，时间非常紧张。

国徽的拟制更是紧锣密鼓，上下联动。

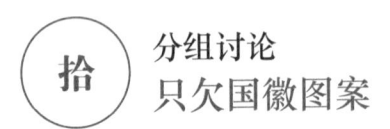

拾 分组讨论 只欠国徽图案

中国人民政治协商会议第一届全体会议决定设立6个委员会：中国人民政治协商会议组织法草案整理委员会、中国人民政治协商会议共同纲领草案整理委员会、中央人民政府组织法草案整理委员会、中国人民政治协商会议第一届全体会议宣言起草委员会、国旗国徽国都纪年方案审查委员会、代表提案审查委员会。

所有参加会议单位的代表都分别参加了6个委员会，因而委员会组成人员具有广泛的代表性。其中，国旗国徽国都纪年方案审查委员会组成人员（55人）如下：

李克农、朱蕴山、张东荪、杨卫玉、欧阳予倩、马叙伦、李士豪、宋云彬、郭春涛、陈此生、陈其尤、黎锦熙、李伟光、宋一平、王维舟、蓝公武、管文蔚、李运昌、嵇文甫、李伯

◆ 中国人民政治协商会议第一届全体会议会场

球、王悦丰、黄敬、杜国庠、李涛、赵寿山、滕代远、江渭清、苏静、张云逸、陈郁、胡明、陆璀、廖承志、钱三强、李秀贞、简玉阶、沈体兰、徐悲鸿、田汉、郑振铎、沈雁冰、茅以升、晁哲甫、翦伯赞、范文澜、陈克寒、李承干、张冲、陈嘉庚、吴耀宗、梁思成、李书城、江庸、邓兆祥、涂治。

马叙伦为召集人，秘书为徐寿轩、彭光涵。

国旗、国徽、国都、纪年的方案经审查委员会审查后，提交大会表决通过。

9月22日，北京饭店东餐厅。马叙伦主持召开中国人民政治协商会议筹备会第六小组第五次全体会议，这次会议参加人数最多。欧阳予倩、郑振铎、张奚若、吕骥、钱三强、艾青、徐悲鸿、翦伯赞、沈雁冰、陈嘉庚、郭沫若、马寅初、梁思成、田汉、廖承志、罗叔章（马叙伦代）出席了会议。

马叙伦首先向大家报告了两个事项。他说，本组工作经新政治协商会议筹备会常务委员会决定，并经新政治协商会议筹备会第二次全体会议通过，今后直接向中国人民政治协商会议第一届全体会议主席团报告；关于纪年及国都地址问题，经9月22日中国人民政治协商会议第一届全体会议主席团指定本小组研究。这样，第六小组又增加了纪年及国都地址的问题。

经过与会人员的热烈讨论，大家一致认为应建都于北平，改名为"北京"；纪年采用公历；国旗决定采用复字第三号或第四号；23日邀请全体代表讨论国旗、国都、纪年问题，这是大会期间唯一一次全体代表分组讨论国旗、国都、纪年相关问题。

此次会议没有商议国徽相关事宜，是因为张仃、钟灵设计的国徽图案还没有完成。

9月23日9时，中国人民政治协商会议第一届政协全体会议举行《关于国旗国都纪年的意见》分组讨论会。代表共分11个小组，应到647人，实到519人。分组讨论各组主席都由第六小组的同志担任，开会地点在中南海勤政殿、怀仁堂会议室，以及北京饭店、六国饭店。

15时，中国人民政治协商会议第一届全体会议继续举行，李济深、黄克诚、刘伯承等18位代表发言。

19时，马叙伦在中南海勤政殿第二会议室主持召开第六小组第六次全体会议。马叙伦、沈雁冰、徐悲鸿、田汉、陈嘉庚、翦伯赞、郑振铎、马寅初、李立三、欧阳予倩、张奚若、蔡畅、艾青、马思聪、贺绿汀出席。

会议主要是对上午分组讨论的情况进行汇总。代表们对国都、纪年意见较为一致，同意定都北平并改名北京，用公历纪年。对于国旗，代表们分歧明显，由于受第六小组所发表意见的影响，代表们较为集中地讨论了复字第三号、第四号，复字第三十二号（曾联松设计，后来确定为国旗的图案）进入代表们的视野。由于代表们的意见没有得到充分表达，马叙伦后来专门就此事做了解释。

会后，彭光涵向副秘书长孙起孟报告了第六小组关于国旗的选定情况，并将11个小组的会议记录作为附件一并呈报，周恩来、毛泽东先后审阅了报告。

第二天，马叙伦、沈雁冰以第六小组组长、副组长的名义向大会主席团提交了《国旗国徽国歌国都纪年方案组为讨论国旗国都纪年事项邀集全体代表征求意见之报告》：

> 本月廿三日本组邀集全体代表分组讨论国旗国都纪年事项，兹将征求所得意见撮要报告，具如附件，请予提交国旗国徽国歌纪年方案审查委员会以便修订，从速制定样旗，提出大会。

9月24日，《新华日报》发表文章《大部分政协代表同意定都北京 国旗国徽国歌正慎重研究》，指出"国旗国歌国徽尚无一致意见，特别是国旗争论十分热烈"。

这次分组讨论没有讨论国徽。国徽如何确定，确实是个难题。

拾壹 一锤定音 国徽须再设计

9月24日，中国人民政治协商会议第一届全体会议继续举行，朱德、沈钧儒、陈嘉庚、马明方等22位代表发言。

9月25日，中国人民政治协商会议第一届全体会议继续举行，郭沫若、贺龙、朱学范、马叙伦等20位代表发言。

◆ 1949年9月25日，中国民主促进会首席代表马叙伦发言

中国人民政治协商会议第一届全体会议已经进入第五天，9月30日就要闭幕了，而事关国家象征的国旗、国徽、国歌还没有最终确定下来。

9月25日20时，已经忙碌了一天的毛泽东、周恩来在中南海丰泽园召开国旗国徽国歌纪年国都协商会座谈会。这次座谈会实际上是第六小组的扩大会，除郭沫若、沈雁冰、黄炎培、陈嘉庚、张奚若、马叙伦、田汉、徐悲鸿、李立三、洪深、艾青、马寅初、梁思成、马思聪、吕骥、贺绿汀出席外，还有朱德、刘少奇、陈毅、刘伯承等应邀与会，共30人出席。彭光涵负责记录。

毛泽东对大家讲："过去我们脑子里老想在国旗上画上中国特点，因此画上一条，以代表黄河。其实许多国家国旗也不一定有什么该国家特点。苏联之斧头镰刀也不一定代表苏联特征，那一国也有同样之斧头镰刀。英美之国旗上也没有什么该国特点。因此我们这个图案（毛主席拿着五星红旗指着说）表现我们革命人民大团结。现在要大团结，将来也要大团结。因此，现在也好，将来也好，又是团结又是革命。"

毛泽东讲完后，大家鼓掌表示完全赞同。陈嘉庚、梁思成先后发言赞成毛泽东提出的五星红旗的图案。五星红旗就这样确定下来。

接下来讨论国徽问题，重点是张仃、钟灵根据复选第一图设计的5个修正图案。

> 马叙伦：国旗大家已没有意见，现在我们是否把国徽、纪年、国都讨论一下？
>
> 洪　深：我觉得国徽图案各个图各有可取之处，但各图也有些毛病，如第一图之带就不如第四图的带好。中国版图画红色，而把其他国家画黄色，特

别是苏联给画成黄色是非常不好。我的意见把第一图修正一下好些。

贺绿汀：我们国旗已确定，最好能画四颗星，第一图之地球是立体的，但地图却是平面的，和整个图案不调和，我同意再把它修改一下。

张奚若：地球只要经纬度，不必加上颜色，但中国版图要画红图。

郭沫若：第一，光芒来源不清，最好在地球上头画一太阳。第二，星的位置不适当，最好还是放在齿轮内。第三，带子还是第四图好些。

梁思成：样图的主题与目的是好的，但毛病很多。第一，各主题之比例有些矛盾。第二，色彩太多，而且不调和。而且构图方面齿轮太规整，程式化，而麦穗又太写生，表现得不调和。中国图案有数千年的优秀历史，因此我们之国徽最好能用中国图案手法画出来。

（讨论到这里，有人提议画简单一点，并提议用国旗图案小册内吴玉章所设计之嘉禾和工字图案等。）

马叙伦：我们是否可商定一个原则，去修改。

毛主席：国旗决定，国徽是否可慢一点决定，等将来交给政府去决定。

马叙伦：最好还是决定一个原则。

徐悲鸿：我觉得把第一图修改一下，原则上我完全同意这个图案。

张奚若：现在我们这些图案太像苏联之国徽。

郭沫若：我觉得这个原则还是可以，只要将它修改一下……

毛主席：张是说像苏联，我们是否不决定原则。

艾　青：假使这个原则要就叫原设计人张仃同志重修正一下。

洪　深：根据第1、3、4图修改为好。

毛泽东认真听完大家的发言，一锤定音道："原小组还继续存在，再去设计。"随后，会议讨论了国都、纪年问题，意见基本一致，最后讨论了国歌问题。马叙伦首先发言："我们政府就要成立，而国歌根据目前情况一下子还制作不出来，是否可暂时用《义勇军进行曲》代替国歌？"经过激烈的讨论，与会代表同意《义勇军进行曲》为代国歌。最后，座谈会在大家合唱《义勇军进行曲》中结束。

会后，毛泽东看到大家为国事操劳，异常辛劳，招待大家吃了夜宵，分三桌围坐在一起，毛泽东、朱德、周恩来各主持一桌，大家在吃饭时还在商讨，尽兴而归。

四天后，梁思成的兴奋之情还是溢于言表，在给女儿梁再冰的信中说："在一次讨论国旗、国徽、国歌的会中，我得以进一步认识了毛主席。以前只觉其伟大，这一次会之后才知道他是多么随便、多么和蔼可亲……关于国歌之选定，张伯（指张奚若——笔者注）同我可以自夸有不小的功劳。"

国旗国徽国歌纪年国都协商座谈会是一次重要会议，会议确定了国旗、国歌、国都、纪年，决定第六小组继续存在，国徽再去设计。

也正因为如此，第六小组在中国人民政治协商会议第一届全体会议结束后，继续承担着国徽设计的工作。

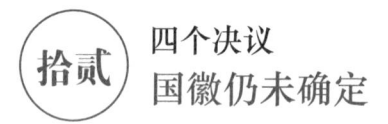

拾贰 四个决议 国徽仍未确定

9月26日，根据中国人民政治协商会议第一届全体会议安排，大会休会一天。夜间有晚会，共演出11个节目，以歌舞表演为主。

第六小组仍在继续工作。15时，马叙伦在北京饭店东餐厅主持召开国旗国徽国歌国都纪年审查委员会第一次会议。这次会议实际上就是落实丰泽园座谈会精神。经讨论，与会人员一致同意：

国旗：拟采用国旗图案参考资料第三十二号图，并改正其说明：甲、红色象征革命；乙、星象征中国人民革命大团结。

国徽：根据国徽图案参考资料，邀请专家另行拟制。

国歌：在未制定正式国歌以前，拟暂以《义勇军进行曲》代之。

国都：拟定于北平，并改名北平为北京。

纪元：拟用公历。

会后，马叙伦以国旗国徽国歌国都纪年审查委员会召集人名义，把会议审查决定内容报告给中国人民政治协商会议第一届全体会议主席团。

9月27日，中国人民政治协商会议第一届全体会议继续举行，李达、黄琪翔、张学思、刘清扬等23位代表在大会上发言。平津全体青年向毛泽东、朱德及大会献旗、献花。这是不平凡的一天，缔造新中国的伟业迈出了重要一步：会议通过了《中国人民政治协商会议组织法》《中华人民共和国中央人民政府组织法》。

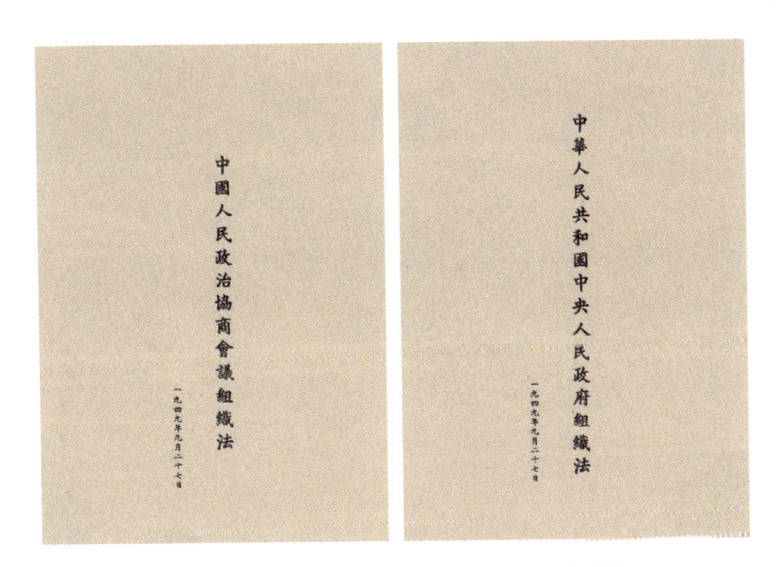

◆ 会议讨论通过《中国人民政治协商会议组织法》《中华人民共和国中央人民政府组织法》的封面

随后，马叙伦代表国旗国徽国歌国都纪年审查委员会向中国人民政治协商会议第一届全体会议做了工作报告。邵力

共和国之徽 中华人民共和国国徽诞生记

子、梁思成、李烛尘、章元善、马健翎、周士观代表提出了修改意见。

大会主席周恩来逐项将大会主席团常务委员会提出的国都、纪年、国歌、国旗四个决议草案提交大会表决，在全体代表举手表决和热烈的掌声中一致通过：会议通过中华人民共和国的国都定于北平，自即日起北平改名北京；中华人民共和国的纪年采用公元；在中华人民共和国的国歌未正式

◆ 1949年9月27日，国都由北平改名北京

制定前，以《义勇军进行曲》为国歌；中华人民共和国的国旗为五星红旗，象征中国革命人民大团结。

这时，会场升起了一面五星红旗，庄严美丽。艾青以满腔的热情创作了诗歌《国旗》："美丽的旗，庄严的旗，革命的旗，团结的旗……"以献给这具有历史意义的大会。

叶圣陶在日记中记载了四个决议草案通过时的情况："继之讨论国都，决定北京。纪年，决用公元。国旗，决用五星红旗。五星一大四小，均在四分之一之部分内，四星集向大星，确比前次小组讨论者为好看。国歌暂定《义勇军进行曲》。至于国名，两个文件内皆明书'中华人民共和国'，大家不赞同用'中华民国'为简称。以'中华民国'与'中华人民共和国'绝非同物也。此诸决议通过，复大鼓掌。此确是一大事件，值得永远纪念。"

此次会议历时6个半小时，为最长的一次会议。遗憾的是，国徽仍未确定，可见国徽设计之艰难。

拾叁 大会宣告新中国已成立

9月28日，"因选举名单未拟就"，大会休会一天。代表们大多休假，有到博物馆游览的，有受邀参观北平电影制片厂的。

9月29日，中国人民政治协商会议第一届全体会议继续

共和国之徽 中华人民共和国国徽诞生记

举行。会议讨论和通过的事项有：《中国人民政治协商会议共同纲领》、中央人民政府副主席和全体委员的名额、《中国人民政治协商会议第一届全体会议关于选举中国人民政协全国委员会和中央人民政府委员会的规定》和主席团常务委员会关于代表提案的审查报告。

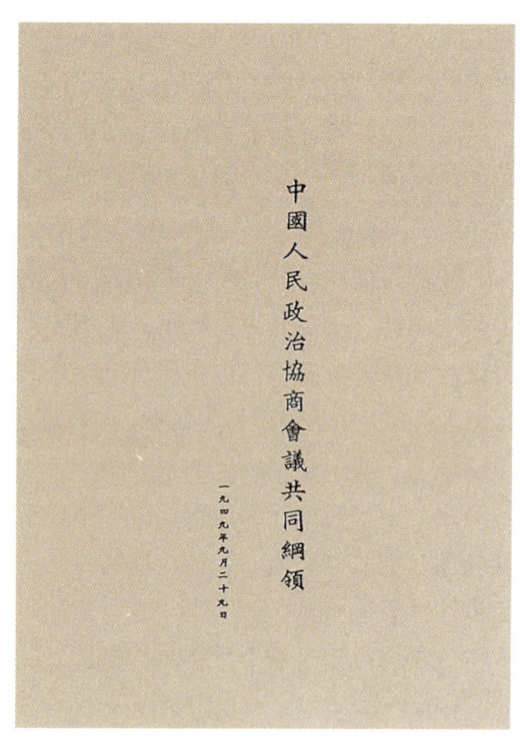

◆ 会议讨论通过《中国人民政治协商会议共同纲领》的封面

　　由于相关事项事前已经充分征求意见、修改，表决时几乎都是一致通过的，17时30分，大会结束，这是开会以来结束最早的一次会议。

　　9月30日，是中国人民政治协商会议第一届全体会议最后一天。

　　会议选举和通过的事项有：选举毛泽东等180人为中国人民政治协商会议第一届全国委员会委员；选举毛泽东为中央人民政府主席，朱德、刘少奇、宋庆龄、李济深、张澜、高岗为副主席，陈毅等56人为中央人民政府委员；通过了《中国人民政治协商会议第一届全体会议宣言》；通过了全国人民解放军慰问电；通过了竖立"为国牺牲的人民英雄纪念碑"的决定和纪念碑的碑文。

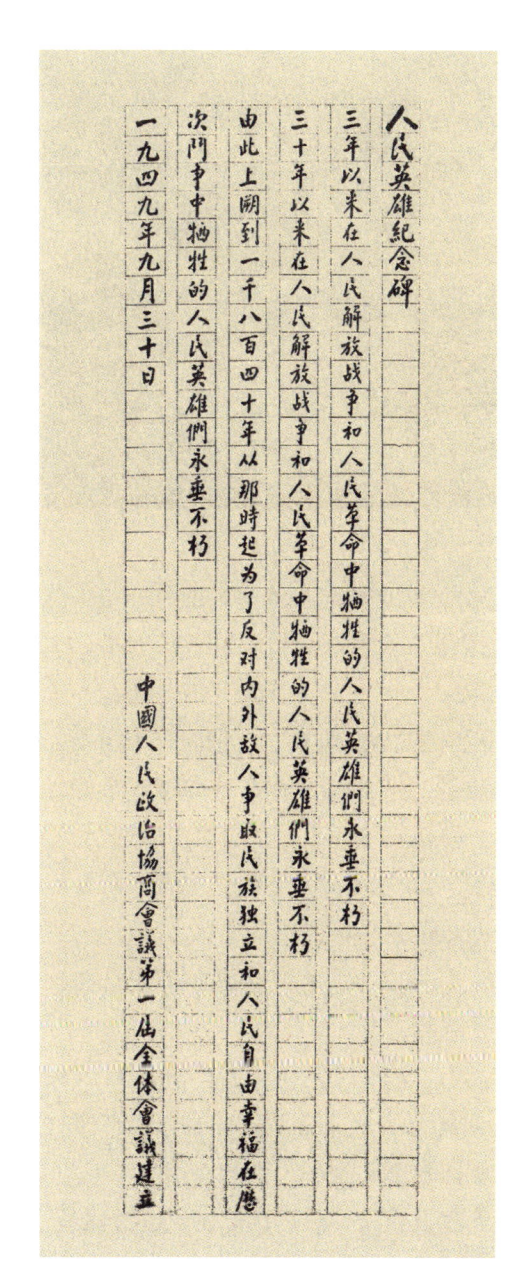

在选举中国人民政治协商会议全国委员会和选举中央人民政府委员会时用了不同的方法。政协全国委员会的名单是经过各单位协商的，所以采取了用整个名单附表决的方法，表决的结果是全体一致通过。

中央人民政府

◆ 毛泽东撰文、周恩来手书的《人民英雄纪念碑碑文》

共和国之徽 中华人民共和国国徽诞生记

◆ 蔡畅、邓颖超等代表在填写选票

委员会的主席、副主席和委员的候选人名单,也经过各单位的协商,但是由全体代表用无记名联记投票的方法选举。大会选举出60个代表做监票人,在主席台前设了9个票箱,由9个监票人监守。选举办法通过后,监票人详细验看了票箱,然后加锁,钥匙交给大会执行主席。选票按各参加者单位发放,由首席代表先签收,再转发各代表。代表填写好选票后,就开始投票。选票分批投入票箱后,大会执行主席当众开启票箱,核对票数无误,即将选票交给监票人,分20组同时进行开票。整个过程严肃、认真。毛泽东仔细地填写了选票,第一个把选票投入了3号票箱。

利用计算选票的时间,全体代表在天安门外举行人民英雄纪念碑奠基典礼。毛泽东亲自集合队伍,各单位首席代表都站在前排。第一次唱国歌献给为国牺牲的烈士。

周恩来致辞,毛泽东宣读碑文,然后执锹铲土进行奠基,并领导首席代表绕基石一周。随后,全体代表返回怀仁堂会场,等待选举结果。

毛泽东获得575票(有选举权的代表是576人——笔者注),当选中央人民政府主席,全体代表起立,热烈鼓掌并欢呼,达数分钟之久。按大会规定,全体代表起立是一种最高荣誉,在表决重大问题,或者表示最高敬意时,全体代表才会起立。

选举结果宣布以后,大会执行主席宣布中国人民政治协商会议第一届全体会议议程结束,请选出的主席、副主席主持闭幕式。在热烈的掌声中,毛泽东以中华人民共和国中央人民政府主席的身份和朱德等6位副主席走上主席台。毛泽东宣布:"我们的会议已圆满成功,现在举行闭幕式。"

朱德致闭幕词:"中国人民政治协商会议第一届全体会议的工作,已经胜利地完成了。我们全体一致,宣告了中华人民共和国的成立……一定能够团结一致把我们的国家建设好,把我们的国家引导到繁荣昌盛的境地。"

闭幕式在军乐队合奏《义勇军进行曲》中结束。奏乐时,主席台上展开了一面巨大的五星红旗,鲜红中泛着金光,全体代表在庄严热烈的气氛中起立鼓掌,掌声经久不息。

此时已近21点,全体代表步行到北京饭店举行庆祝宴会。晚宴的饭菜很简单,只不过在代表们的日常伙食上加了几道菜,是一次按解放区老传统的聚餐。时任重庆《新华日报》副刊编辑、新华通讯社军事记者的刘白羽后来回忆:"毛泽东高高举起一只手臂,擎着一只酒杯。在整个创造新世纪的过程中,他的风度,他的气魄,是具有无穷魅力的。现在,他要为今夜画一个句点，为明天画一个冒号。他那发自内心深处的洪亮的声音震响了整个大厅，他向全体代表敬酒，自己一饮而尽。狂欢的时刻开始了，整个大厅一片沸腾。人们谈笑风生，相互敬酒。"大家都为新中国的诞生而高兴和自豪，场面气氛热烈。

将近22时，齐燕铭宣布晚餐结束，中央人民政府主席、副主席、委员还要留下召开中央人民政府委员会预备会，讨论公告稿、致外国政府公函稿，大家这才停止了敬酒。这次晚宴的时间很短，只有一个小时，但这是喜悦的酒、幸福的酒、胜利的酒，令人终生无法忘怀。

中国人民政治协商会议第一届全体会议主席团会议决定：全国的机关、学校、工厂、部队，因执行不能休假的任务必须照常工作者除外，一律于10月1日、2日、3日，放假3天，以庆祝中华人民共和国中央人民政府成立。北京大街小巷张灯结彩，到处都洋溢着喜庆的节日气氛，市民们兴高采烈，欢庆中央人民政府的成立。

10月1日，《人民日报》发表社论《中华人民共和国万岁》："前程无限光辉的中华人民共和国已经诞生，四万万七千五百万中国人民开始自己当权管理国家，我们这个古老的东方民族揭开了历史的新的巨册。"

中国历史，从此开辟了一个新的时代，中国人民从此站起来了。

◆ 1949年10月1日《人民日报》（第二版）

拾肆 开国大典 国徽未定告缺

1919年5月4日，五四运动爆发，爱国学生在天安门集会，这里是五四运动的发源地。

30年之后，1949年10月1日，对于历经500多年、饱经风雨的天安门来说，更具有极其特殊的历史意义，中华人民共和国开国大典在这里隆重举行。

这天早晨，天空下了一点儿小雨，朝雨浥轻尘；中午，天空逐渐放晴，可谓天公作美。参加阅兵和游行的队伍在拂晓前已经从四面八方涌向天安门广场。人们仰望晴空，尽情欢呼着，期盼着中华人民共和国无比辉煌的前途和未来。

天安门城楼已修葺一新，金碧辉煌。8盏巨大的宫灯高悬城楼，8面崭新的红旗迎风飘扬。城楼上悬挂着红底黄字的"中华人民共和国中央人民政府成立典礼"横标，正中高悬着周令钊、陈若菊夫妇绘制的毛泽东巨幅画像（1940年着冠照），两旁是钟灵书写的"中华人民共和国万岁""中央人民政府万岁"的标语。

首都30万人齐集整修过的天安门广场，参加庆祝中华人民共和国中央人民政府成立典礼。此刻的天安门广场，一片红色的海洋，一派喜庆的景象。

14时，中央人民政府委员会第一次会议在中南海勤政殿举行，主席、副主席、委员宣布就职。会议通过了《中华

◆ 开国大典时的天安门广场

人民共和国中央人民政府公告》，选举林伯渠为中央人民政府委员会秘书长，任命周恩来为中央人民政府政务院总理兼外交部部长，毛泽东为中央人民政府人民革命军事委员会主席，朱德为中国人民解放军总司令，沈钧儒为中央人民政府最高人民法院院长，罗荣桓为中央人民政府最高人民检察署检察长。会议责成上列诸负责人员从速组成各政府机关，推行各项政府工作。会议决定接受《中国人民政治协商会议共同纲领》为中央人民政府的施政方针。会议同时

◆ 中华人民共和国中央人民政府之印

决议，向各国政府宣布中华人民共和国中央人民政府为中国唯一合法政府，愿与遵守平等、互利及互相尊重领土主权原则的任何外国政府建立外交关系。会后，毛泽东偕同中央人民政府委员登上了天安门城楼。

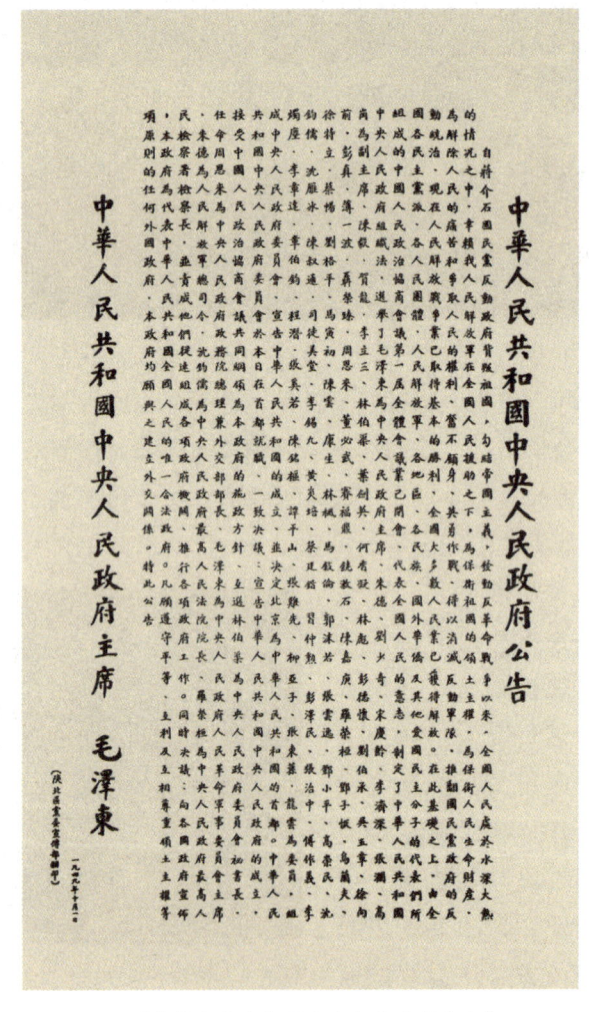

◆《中华人民共和国中央人民政府公告》

15时,中央人民政府委员会秘书长林伯渠宣布开国大典开始,中央人民政府主席、副主席、委员就位,军乐队奏国歌《义勇军进行曲》。

中央人民政府主席毛泽东庄严宣布:"中华人民共和国中央人民政府今天成立了!"刹那间,天安门广场上欢声如雷,呼声如潮,红旗舞动。

接着,毛泽东按动了升旗电钮,伴随着《义勇军进行曲》,天安门广场上第一面五星红旗(现珍藏在中国国家博物馆)冉冉升起。

◆ 天安门广场上第一面五星红旗冉冉升起

伴随着雄壮的国歌和冉冉升起的五星红旗，54门礼炮同时轰鸣，连续28响。礼炮过后，毛泽东庄严地宣读《中华人民共和国中央人民政府公告》："接受《中国人民政治协商会议共同纲领》为本政府的施政方针""本政府为代表中华人民共和国全国人民的唯一合法政府"。

公告宣读完毕，林伯渠秘书长宣布阅兵仪式开始。阅兵司令员、中国人民解放军总司令朱德在阅兵总指挥聂荣臻的陪同下，检阅陆海空代表部队，然后朱德总司令重登天安门城楼，宣读《中国人民解放军总部命令》："迅速肃清国民党反动军队的残余，解放一切尚未解放的国土，同时肃清土匪和其他一切反革命匪徒，镇压他们的一切反抗和捣乱行为。"

命令宣读完毕，受阅部队进行分列式。在军乐声中，水兵分队、步兵分队、炮兵分队、骑兵分队等陆续走过天安门广场接受检阅。受阅部队的人员总计约16400名。海军代表分队由东北海军学校与华东海军舰队各选调一个排编成；陆军代表部队大部分来自第二十兵团，即平津卫戍部队，由步兵师、炮兵师、战车师、骑兵师各一个组成；空军代表部队由飞行员及其驾驶的17架飞机组成。检阅式和分列式共历经两个多小时。在阅兵式中，全场掌声像波浪一样，一个高潮接着一个高潮。

阅兵式之后，群众游行开始了。欢腾的游行队伍经过天安门前，向毛泽东致意。毛泽东挥手向队伍致敬："同志们万岁！""人民万岁！"天安门广场成了红色的海洋、沸腾的海洋。黄炎培在日记中写道："广场30万人，红旗、红额、红灯,一片红色。燕都自辽金元明清以来,殆未有之盛典。"

在天安门城楼的休息室里,周恩来对夏衍和丁玲说:"你们得描写这个场面。"二人不约而同地回答:"语言太不够,太乏力了。"

叶圣陶亦表达了同样感受。时任华北人民政府教育部教科书编审委员会委员宋云彬让他写下文字留作纪念,叶圣陶说:"余谓文字之用有限度,如此之光景,唯有五彩电影可以摄其全貌与精神,文字必不能也。"

待群众游行队伍全部通过天安门广场后,聂荣臻司令员宣布:"现在开始施放礼花!"顿时,五颜六色的礼花在天安门上空竞相绽放,把首都北京的夜空装扮得格外美丽。候

◆ 开国大典之夜

补代表徐铸成在日记中写道:"今日为余生平永不能忘之一日,人民政府正式成立,天安门前之壮伟景况,恐中国二千多年历史上所空前也。"

21时25分,北京新华广播电台宣布庆典结束。整个庆典活动持续了6.5小时。

如今,我们都知道10月1日是国庆日,它的由来和中国人民政治协商会议历史上第一件建议案有关。

1949年10月9日,中国人民政治协商会议第一届全国委员会第一次会议在中南海勤政殿举行。会议选举产生中国人民政治协商会议第一届全国委员会主席、副主席、常务委员和秘书长。

马叙伦因为夜以继日地工作而致身心疲惫,开国大典后在家休息。在病中他考虑到新中国应该有自己的国庆纪念日,他觉得10月1日很有意义,可以作为国庆日,于是他写好建议书并委托许广平委员向会议提出。

当会议快要结束的时候,许广平即席发言,宣读了马叙伦的建议书:"请政府明定10月1日为中华人民共和国国庆日,以代替10月10日的旧国庆日。"会议一致通过了这个议案,并决定送请中央人民政府施行。这是人民政协历史上第一件建议案。

1949年12月2日,中央人民政府委员会第四次会议通过了《关于中华人民共和国国庆日的决议》:"自1950年起,即以每年的10月1日,即中华人民共和国宣告成立的伟大日子,为中华人民共和国的国庆日。"

由此,10月1日成为国庆日,一直延续至今。

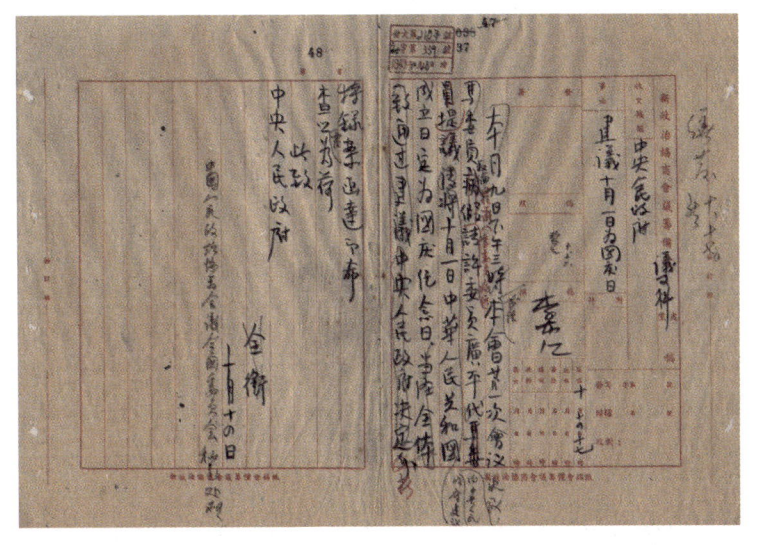

◆ 许广平代表因病请假的马叙伦提出中国人民政治协商会议第一件建议案

  由于国徽还在继续设计中，细心的人们会发现，"中华人民共和国中央人民政府成立典礼"的条幅替代了本应悬挂在天安门城楼两重飞檐之间的国徽。这样，既不使开国大典显得有缺陷，又能够突出中华人民共和国中央人民政府成立典礼的重要性。

  国徽的设计工作，一刻也没有停止过。

自信

共和国之徽

中华人民共和国国徽诞生记

第二部分 / 再拟·竞赛

壹 两个团队受邀设计国徽

中华人民共和国成立后,国徽的设计工作是在周恩来直接领导下进行的。周恩来指示,要多吸收一些专家参与,集思广益,共同设计好国徽。

马叙伦、沈雁冰领导原第六小组成员组成国徽小组和国徽审查小组继续承担拟制任务,相关工作加速进行。这时,第六小组秘书彭光涵已经在中央人民政府侨务委员会工作,由于工作繁忙,秘书一职只能兼任。

据钟灵后来回忆,尽管他和张仃设计的仿政协会徽的国徽图案在丰泽园座谈会上没有被采纳,但是因为他们比较了解国徽的设计要求,因此第六小组邀请他们继续设计。为了落实周恩来的指示,第六小组还邀请清华大学营建系的专家参与国徽设计工作。

此时,钟灵已经是政务院机关事务管理局总务处办公室主任,工作千头万绪,但在10月中旬之后他和张仃的中心工作就是设计国徽了。此外,钟灵还做了小组秘书的联络、接待等工作。而张仃已在中央美术学院实用美术系任教,他邀请同事张光宇、周令钊,以及北京青年艺术剧院的张正宇一起参与设计国徽。他们经常在中南海待月轩共同讨论和修改图案,实际上组成了一个小组。

中央美术学院聚集了一大批美术方面的专业人才。中央

◆ 中南海待月轩

美术学院前身可以追溯到1918年蔡元培倡导成立的国立北京美术学校，这是中国历史上第一所国立美术教育学府，也是中国现代美术教育的开端。1925年，国立北京美术学校改称国立北京艺术专门学校。1937年7月7日，卢沟桥事变爆发，学校南迁。1946年8月，国立北平艺术专科学校复校，徐悲鸿接任校长。

　　1949年11月，国立北平艺术专科学校和华北大学三部美术系合并（华北大学三部美术系的前身是成立于1938年的延安鲁迅艺术学院美术系），成立国立美术学院。1950年1月，正式定名为中央美术学院。4月1日，中央美术学院在北京王府井校尉胡同5号校址举行成立典礼。

共和国之徽　中华人民共和国国徽诞生记

◆ 中央美术学院前身——国立北京美术学校礼堂旧影

1952年，全国高校开始院系调整。清华大学营建系的高庄、常莎娜和中央美术学院华东分院（今中国美术学院）实用美术系的大部分老师调入中央美术学院实用美术系。

◆ 清华大学校门

1954年初,实用美术系改为工艺美术系。1956年,在中央美术学院工艺美术系的基础上,组建了中央工艺美术学院。从中我们可以看出,中央美术学院、中央工艺美术学院和清华大学的渊源非常深。

那么,清华大学营建系为什么受邀参与设计国徽呢?

◆ 20世纪50年代初,梁思成与林徽因在清华园

据清华大学营建系朱畅中回忆:"在这初次应征的国徽图案中,有一幅清华营建系教授林徽因先生与莫宗江先生合作的国徽图案,因具有强烈的中华民族的特色而得到几位中央领导同志的赞赏,首先被要求修正参加复选。"

朱畅中回忆林徽因与莫宗江合作的国徽图案应该是玉璧国徽图案,这是开国大典后创作的,并不是初次应征的国徽图案。但这个国徽图案确实有着强烈的民族特色,而这种设计理念是梁思成和林徽因所一直坚持的。

清华大学营建系设计小组的成员有梁思成、林徽因、莫宗江、李宗津、汪国瑜、朱畅中、胡允敬、张昌龄、罗哲文和高庄等,邓以蛰和王逊也提出了宝贵的意见和建议。清华大学营建系的设立和发展与梁思成密切相关,林徽因也为此做了许多工作,付出了大量的心血。

梁思成,中国近代维新派代表人物梁启超的长子,毕生从事中国古代建筑的研究和建筑教育事业,是著名的建筑学家。1927年,梁思成毕业于美国宾夕法尼亚大学;1928年回国,在东北大学创办了建筑系,任主任;1931—1946年,担任中国营造学社研究员、法式部主任、社长,从事中国古建筑科学研究工作。

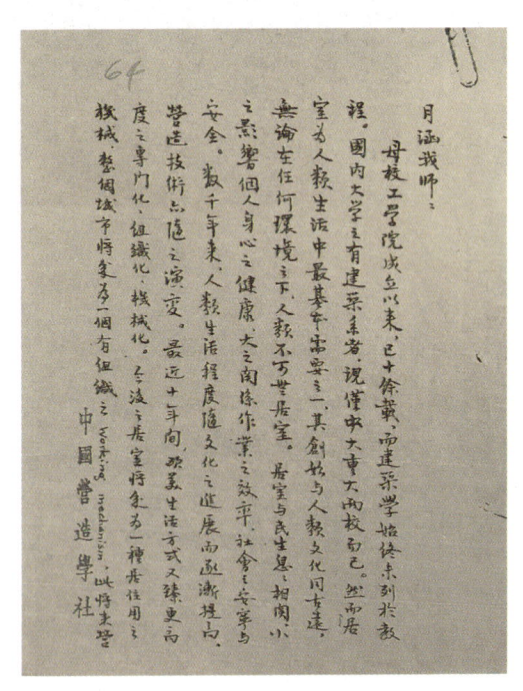

◆ 1945年3月9日,梁思成写给清华大学校长梅贻琦的信

1946年夏，时任清华大学校长梅贻琦接受梁思成的建议，在清华大学正式组建建筑工程学系（建筑系），聘请梁思成为系主任，梁思成担任此职务一直到去世。

为此，梁思成四处聘请教师，建筑系教师队伍开始不断壮大。1947年初，跟随梁思成多年的原中国营造学社社员刘致平、莫宗江、罗哲文一道北上，加入了清华大学建筑系。此外，一些原中央大学毕业生如吴良镛、胡允敬、张昌龄、朱畅中、郑孝燮等，也陆续加入清华园。

1949年6月，在梁思成的提议下，清华大学建筑系改称为营建学系（营建系）。1952年，全国高校院系调整，北京大学工学院建筑系并入清华大学，营建系改名为建筑系。1960年，清华大学建筑系与土木系合并成立土木建筑系。1988年，清华大学成立建筑学院。这一切，都有赖于梁思成打下的坚实基础。

为了赶在1950年国庆节挂上国徽，两个国徽设计小组的成员广泛听取了各界人士的意见，参考了国内外有关资料，对各种构思和设想认真推敲，反复研究，都想拿出最完美的国徽设计方案，两个小组对国徽方案的设计竞赛由此展开。

由于中央美术学院实用美术系国徽设计小组是由美术家组成的，清华大学营建系国徽设计小组是由建筑师组成的，他们在设计思想、设计风格、审美情趣、艺术取向等方面都有很大差异，因而国徽设计图案也风格迥异、各具特点。他们为了设计国徽殚精竭虑，付出了大量的心血、智慧与汗水。

贰　清华大学玉璧国徽方案

1949年7月，《启事》在报刊上发布后，在清华大学引起了强烈反响。梁思成、林徽因发动全系师生投稿竞选，得到踊跃响应。在梁思成、林徽因的鼓励下，全体师生以极高的热情纷纷参加国旗和国徽图案的设计工作，并及时将图案寄送新政治协商会议筹备会秘书处。

在《国旗国徽国歌档案目录》（1950年）中，可以看到来自清华大学营建系设计小组的莫宗江（2013号）、朱畅中（2099号）、李宗津（2171号）都参与了国徽图案的设计。

梁思成此时异常繁忙，他既是中南海怀仁堂会场改造的负责人，又被聘为国旗国徽初选委员会顾问，有段时间几乎每天都要进城工作。清华大学在北平的西北郊，当时交通很不便利，幸亏他有一辆特别小的轿车，人称"小臭虫"，开车进城，这就方便多了。

梁思成参加完第六小组的会议后，就把国徽等的评选情况告诉林徽因等人。由于可用的国徽图案太少，梁思成发动大家多尝试，为此林徽因还设计了一幅方形国徽。参加丰泽园座谈会后，梁思成带回来一册《国徽图案参考资料》，供大家参考。

梁思成作为特邀代表参加了中国人民政治协商会议第一届全体会议，全程参加了开国大典。回到学校后，他召集全系师生，详细讲述了他在观礼台上的所见所感。尤其是在听到毛主席宣布"中华人民共和国中央人民政府今天成立了"，看到毛主席按动电钮升起五星红旗时，他流下了激动的泪水……梁思成真挚的情感深深地激励了全系师生。

◆ 梁思成在清华大学与学生在一起

开国大典后，清华大学营建系受邀参与国徽设计工作。国徽设计小组由梁思成、林徽因领导。由于梁思成事务繁多，无暇顾及具体设计工作，仅承担了组织领导责任，实际的组织者和主持人是林徽因，她全身心地投入国徽的设计中。

林徽因，原名徽音，取自《诗经·大雅·思齐》中的"大姒嗣徽音，则百斯男"。她既是著名作家，也是中国第一位女性建筑学家。1928年3月，林徽因与梁思成在加拿大渥太华结婚后,他们就生活、工作在一起,为中国古建筑的测绘与保护作出了重要贡献。

◆ 1931年,梁思成与林徽因在北平

对于国徽设计,梁思成提出了原则上的要求:我们的新国徽要有东方系统的庄严大方式样,且是由中华民族艺术数千年传统基础上发展出来的,而不是由中国近代还不成熟的西洋画系统,或者由广告画系统中出来的图案——我们要为中国工艺保持它的光荣。

这个原则,也是林徽因极为认同的。林徽因对借鉴苏联、东欧国家国徽形式的批评是很坦率的,认为"怎么能用外国的东西来体现中国人民从此站起来了的精神呢"。这句话给学生陶宗震留下了深刻印象,以至于多年以后他依然清晰记得。

　　国徽设计中许多新的构思都是由林徽因首先提出并勾画成草图的。由于林徽因病倒10年，画细线条很吃力，就邀请"最精于中国雕饰图案"的莫宗江一起设计并制图；同时，又请清华大学"极懂中国艺术图案而不作画"的邓以蛰和王逊、高庄等教授提出修改意见。经过了几次修正，历时一个多月，他们于1949年10月23日完成了玉璧国徽图案。

◆ 1949年10月23日，林徽因与莫宗江合作设计的玉璧国徽图案

邓以蛰、王逊是师生关系，而且邓以蛰非常赏识王逊。1933年，王逊考入清华大学，因受闻一多的影响，进入清华大学中国文学系学习，后得邓以蛰的启发点拨，转入哲学系专攻美学与美术史。后来，他们又成了清华大学的同事。当时，邓以蛰是中国美术史教授，王逊是工艺史教授，高庄是雕塑教授，他们给林徽因和莫宗江设计的玉璧国徽提过哪些意见和建议，已不得而知，但可以肯定的是，他们的意见和建议肯定为玉璧国徽增色不少。

林徽因、莫宗江等在《拟制国徽图案说明》中清楚表达了设计者的用意：

> 拟制国徽图案以一个璧（或瑗）为主体；以国名、五星、齿轮、嘉禾为主要题材；以红绶穿瑗的结衬托而成图案的整体。也可以说，上部的璧及璧上的文字，中心的金星齿轮，组织略成汉镜的样式，旁用嘉禾环抱，下面以红色组绶穿瑗为结束。颜色用金、玉、红三色。
>
> 璧是我国古代最隆重的礼器，《周礼》："以苍璧礼天。"《说文》："瑗，大孔璧也。"这个璧是大孔的，所以也可以说是一个瑗。《荀子·大略》说："召人以瑗。"以瑗召全国人民，象征统一。璧或瑗都是玉制的，玉性温和，象征和平。璧上浅雕卷草花纹为地，是采用唐代卷草的样式。国名字体是汉八分书，金色。
>
> 大小五颗金星是采用国旗上的五星，金色齿轮

代表工，金色嘉禾代表农。这三种母题都是中国传统艺术里所未有的。不过汉镜中有◎形的弧纹，与齿纹略似，所以作为齿轮，用在相同的地位上。汉镜中心常有四瓣的钮，本图案则作成五角的大星；汉镜上常用小粒的"乳"，小五角星也是乳的变形。全部做成镜形，以象征光明。嘉禾抱着璧的两侧，缀以红绶，红色象征革命，红绶穿过小瑗的孔成一个结，象征革命人民的大团结。红绶和瑗结所采用的褶纹样式是南北朝造像上所常见的风格，不是西洋系统的缎带结之类。

  设计人在本图案里尽量地采用了中国数千年艺术的传统，以表现我们的民族文化；同时努力将象征新民主主义中国政权的新母题配合，求其由古代传统的基础上发展出新的图案；彩色仅用金、玉、红三色，目的在求其形成一个庄严典雅而不浮夸不艳俗的图案，以表示中国新旧文化之继续与调和，是否差强达到这目的，是要请求指示批评的。

  这个图案无论用彩色、单色，或做成浮雕，或做成钢印都是适用的。

  这只是一幅草图，若蒙榜准采纳，当即绘成放大的准确详细的正式彩色图、墨线详图和一个浮雕模型呈阅。

  《拟制国徽图案说明》的署名是林徽因、莫宗江集体设计。参加技术意见者是邓以蛰、王逊、高庄、梁思成。《拟

共和国之徽 中华人民共和国国徽诞生记

制国徽图案说明》写成后，梁思成把自己的署名排在最后，让朱畅中誊写。朱畅中用钢笔誊写好后，梁思成在作者和参加技术意见者6个人姓名下，亲笔标注了每个人担任的教学职称。

从《拟制国徽图案说明》中可以看出，此图案在尽量借鉴中国数千年的艺术传统的同时，努力将象征新民主主义中国政权的新母题与之配合。方案首次将国旗上五颗星的设计引入国徽图案，用以体现新中国"政权特征"，以及采用"嘉禾缀以红绶，红绶穿瑗为结"的设计，这些都呈现在国徽图案的定稿中，体现了设计者眼光的独到之处。后来，林徽因、莫宗江又对此图的一些细节做了修正。

遗憾的是，此方案和修正图都没有入选。

多年后，周令钊在《从画记》中说："清华大学建筑系梁思成小组设计的是一个玉璧，象征完璧归赵，还政于民。"这种解释广为流传，其实与原设计者的理念是略有出入的。

◆ 莫宗江

第二部分 / 再拟·竞赛

◆ 林徽因与莫宗江合作设计的玉璧国徽修正图案

叁 中央美院
天安门进国徽

开国大典后,中央美术学院实用美术系国徽设计小组也展开了紧张的设计工作。新图案最大的特点就是将天安门图

◆《中国人民政治协商会议第一届全体会议》邮票

案设计进了国徽。

在此之前，中华人民共和国发行的首套纪念邮票——《中国人民政治协商会议第一届全体会议》就印有天安门城楼图案。这套邮票，正是张仃、钟灵设计的。

1949年6月22日，华北邮政总局获悉政协会徽图案已经确定，遂致函新政治协商会议筹备会常务委员会主任和副主任，提议发行新政协纪念邮票。7月6日，新政治协商会议筹备会秘书处复函，对发行纪念邮票一事极为赞成，要求在7月15日前完成。

由于设计人员事务繁忙，到8月中旬依然无法交稿。8月16日，华北邮政总局再次致函新政治协商会议筹备会，解释了邮票设计误期的原因，并拟公开征求邮票图案。8月22日，新政治协商会议筹备会秘书处复函："本会已有专人着手设计，制出图样后当于8月底以前送至贵局，报上似可不必再登启事。"

张仃、钟灵接到任务后，每天只睡两三个小时，用了3天的时间就完成了设计任务。邮票设计图极为喜庆祥和。邮票下方为雄伟壮观的斜透视天安门城楼和精美的华表石柱，左上方悬挂着巨大的灯笼，灯笼上镶嵌着中国人民政治协商会议会徽。灯笼的流苏自然下垂飘动，与天安门上掠过的飞机、天安门前行进的游行队伍一起，给画面增添了动感和气势。纪念邮票的设计图充分表现了新中国开国大典的盛况和人民的喜悦之情，呈报周恩来后，很快就予以批准。

10月8日，这套纪念邮票正式发行。作为"开国第一票"，有着特别的纪念意义。

此外，张仃、钟灵还一起设计了中华人民共和国开国纪念邮票，表现的是开国大典阅兵式雄壮热烈的场面，二者的设计思路是基本一致的。

受此启发，张仃领导的中央美术学院实用美术系国徽设计小组设计了一个新的国徽图案。在此方案中，他们以天安门为主体，替代了原国徽图案中以地球为主体的设计。采用斜透视天安门图案，其突出特点是色彩鲜艳、风格写实。

下面这个国徽图案，可以看到斜透视天安门图案的示意效果，由于是黑白图案，无法看到彩色效果。此图案具体创作时间，根据现有资料推测，应该在1949年开国大典之后至1950年5月29日国旗国徽国歌国都纪年组会议之前的这段时间。

◆ 采用斜透视天安门图案的国徽设计方案（示意图）

采用斜透视天安门图案，不是设计者一时的心血来潮，而是明显受到两套纪念邮票的影响。这两套邮票的设计方案，其重要性不言而喻，显然是经过慎重考虑和精心设计才能最终确定的。张仃作为中央美术学院实用美术系国徽设计小组的负责人，在新的国徽设计方案中采用已经审定过的两套邮票中的元素（指斜透视天安门图案），正是延续了其设计理念。

1999年2月，张仃写了下面的文字：

> 中华人民共和国之徽是一个集体创作的成果，它融合了中央美术学院和清华大学两校专家的智慧。我作为中央美术学院专家组的牵头人，在国徽设计中提出了以天安门为主体形象，是为了表达新民主主义革命的历史——天安门是五四运动和新中国成立的见证。这一创意被周恩来总理和政协国徽小组所采纳。

张仃来自延安，更能体会到将天安门图案放入国徽设计方案中的意义。

肆　马老报告
另拟两种图案

1950年5月29日，由于清华大学、中央美术学院两个国徽设计小组都有了新的国徽设计方案，马叙伦在政协全国委员会会议室主持召开了国旗国徽国歌国都纪年方案审查委员会会议。许德珩、张奚若、郑振铎、沈雁冰、钱三强、廖

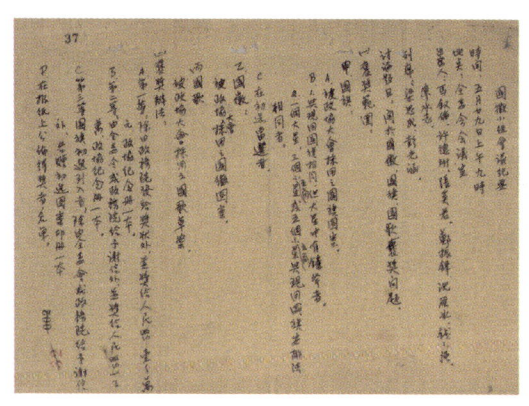

◆ 国徽小组会议纪要

承志出席，梁思成、彭光涵列席。此时，距林徽因、莫宗江提交玉璧国徽图案已经7个月了。

会议的主要议题有两项：一是对国旗、国徽、国歌的褒奖提出意见；二是对国徽图案进行审查。

6月1日，马叙伦以国旗国徽国歌国都纪年方案审查委员会召集人的名义，向政协全国委员会常务委员会提交报告，报告了方案审查委员会会议讨论的有关情况：

国旗、国徽及国歌词谱的制订，在中国人民政治协商会议筹备会中是由第六小组负责设计的。中国人民政治协商会议第一届全体会议开幕以后这一部分工作移交给人民政协第一届全体会议的国旗国徽国歌国都纪年方案审查委员会。国旗国徽国歌国都纪年方案审查委员会曾就各项问题作了决议，提到人民政协第一届全体会议讨论。其中关于国旗、国歌、国都和纪年四项均已经人民政协第一届全体会议通过，只有国徽一项因为应征的稿件太少，而且都不合标准，当经决定邀请专家另行拟制后再加考虑。因为这层关系，国旗国徽国歌国都纪年方案审查委员会的工作也始终未能结束。

现在国旗国徽国歌国都纪年方案审查委员会又据专家参考原来选出比较可供选择的五种国徽图案，另外拟制了两种：其中一种仍然取法原来五种的造意，而于形式上略加变更；另外一种则造意略有不同，着重于中国民族形式的表现。现在将这两种新拟的图案连同原有的五种一并送请审核,并请提出全国委员会全体会议作最后的决定。

此外对于入选的国旗、国徽图案和国歌词谱,全国委员会常务委员会议曾经决定应当给以褒奖,交由国旗国徽国歌国都纪年方案审查委员会拟具办法。国旗国徽国歌国都纪年方案审查委员会于五月廿九日开会对这个问题作了如下的决议:(一)凡被政协大会采用的国旗、国徽图案及国歌草案除由政务院颁发奖状外并各给奖金人民币壹仟万元及政协纪念册一本;(二)应征国旗图案的设计与现用国旗相同,但大星中有镰斧者或其设计系一个大五角星、三个小五角星或五个小五角星与现用国旗安排法相同者除由全委会或政务院备函致谢外,并各给奖金人民币壹佰万元及政协纪念册一本;(三)应征的国旗图案初选时列入者除由全委会或政务院备函致谢外,并各赠给初选国旗图案印册一本。是否有当,并请鉴核。

上面两个问题决定以后,国旗国徽国歌国都纪年方案审查委员会的任务业已终了,似乎没有再继续存在的必要,这一次开会,经一致通过应即宣告结束,合并报告,敬希鉴核备案。

"原来选出比较可供选择的五种国徽图案",是指张仃、钟灵设计的5个以地球为主体的国徽图案,这5个图案在1949年9月25日国旗国徽国歌纪年国都协商会座谈会上没有通过。

"仍然取法原来五种的造意，而于形式上略加变更"图案，是指中央美术学院国徽设计小组设计的采用斜透视天安门图案的国徽图案。

"着重于中国民族形式的表现"图案，是指清华大学林徽因、莫宗江设计的玉璧国徽图案。

从马叙伦的报告中可以看出，方案审查委员会对两种新的国徽设计方案还是较为认可的，并认为方案审查委员会的任务可以结束了，似乎没有再继续存在的必要，经一致通过，应即宣告结束。

然而，这毕竟是共和国之徽的设计，达到完美还有很长的路要走。

伍　方形国徽 清华再次尝试

梁思成列席审查委员会会议后，回到清华大学新林院8号的家中，他和林徽因谈了审查委员会会议关于国徽讨论的情况，也讲了大家指出的玉璧国徽图案的欠妥之处。

听后，林徽因不禁担心起来。

玉璧国徽图案在短时间内来不及做大的修改，林徽因怕不能通过。经过几天的思考，林徽因决定将此前设计的方形国徽图案送交第六小组。

6月7日，林徽因忍着病痛，以极其为难的心情，伏案给沈雁冰写了一封信。林徽因在信中明显保留着五四时期的用字习惯，比如"民族艺术老底气息很重"，"底"字后来都改成"的"字了。

林徽因主要表达了以下几层意思：

第一，阐释国徽设计原则。"新国徽要有东方系统的庄严大方式样，且是由中华民族艺术数千年传统基础上发展出来的"，这是必须坚守的，为此"总想同西洋广告系统的图案作原则上斗争"，不能妥协。

第二，解释送方形国徽图案的原因。因为玉璧国徽有欠妥之处，希望沈雁冰能将图案给周恩来、马叙伦审核，并说明创作动机，再争取被考虑的机会。

第三，说明玉璧国徽集体创作过程以及当时所忽略的问题。自己"病倒10年对于画细线条很吃力"，所以请了"最精于此道"的莫宗江，又请"极懂中国艺术图案而不作画"的邓以蛰多次修正，但是当时忽略了"璧本是古代最早的生产工具"的问题。

第四，说明方形国徽图案的内容。以国名刻文为主体，有五星；有玉刻花纹、植物枝叶纹；颜色采用敦煌壁画配色之金、朱、白玉、石绿、粉蓝。图案"很热闹而不俗""很是大众的味道"。

沈雁冰收阅此信后，随即将其转交给马叙伦。马叙伦阅后于6月8日晚给中央人民政府委员会办公厅主任齐燕铭写了一封短信："送上梁思成先生爱人林徽因致茅盾先生信和国徽图案一幅，请您转呈总理处审核"，并细心地请齐燕铭"此

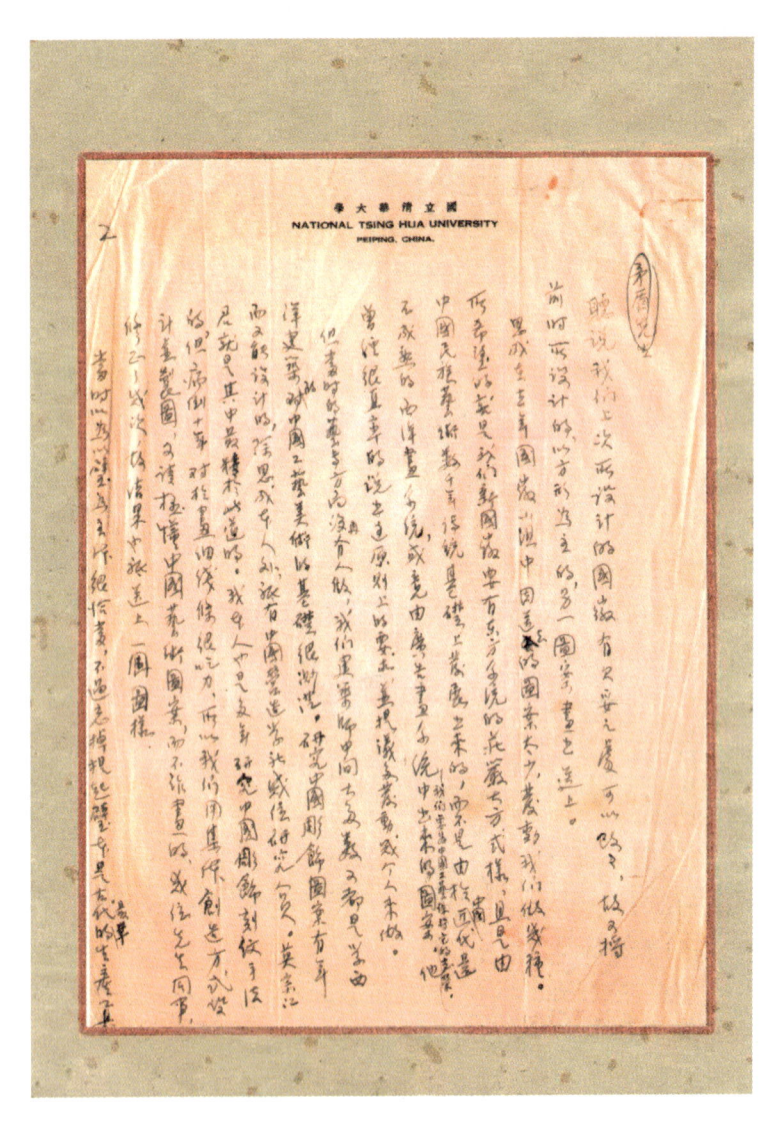

共和国之徽 中华人民共和国国徽诞生记

◆ 林徽因致沈雁冰（茅盾）的信（一）

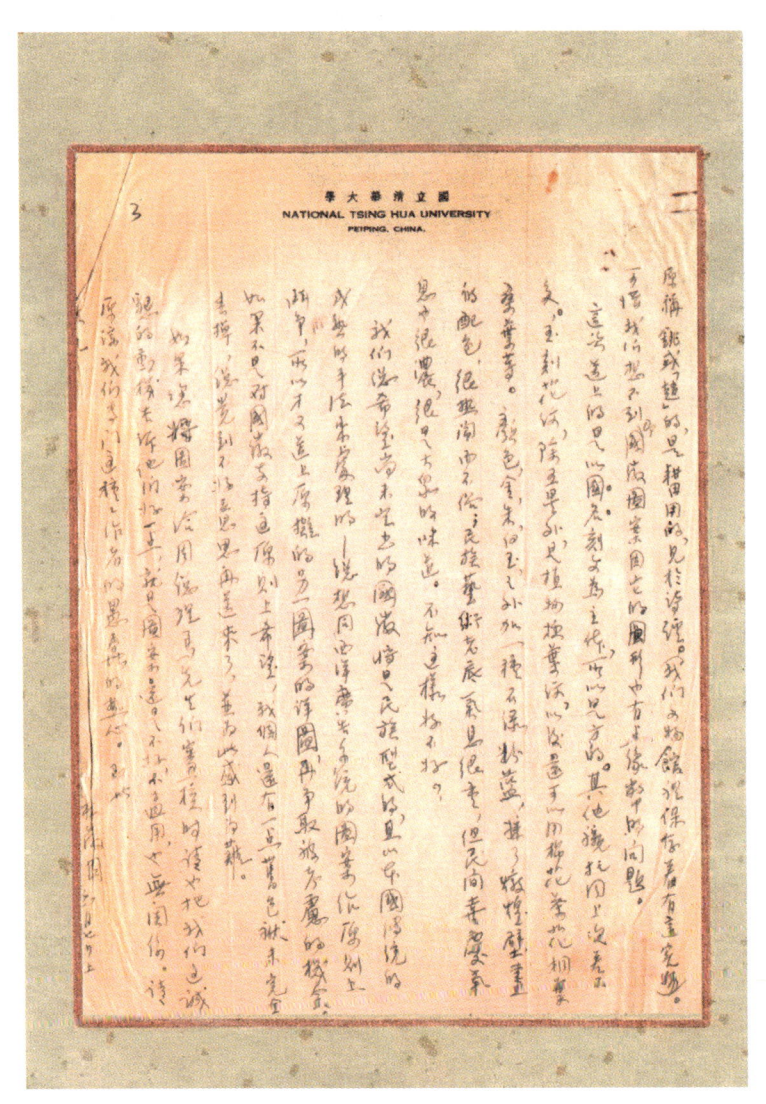

◆ 林徽因致沈雁冰（茅盾）的信（二）

共和国之徽 中华人民共和国国徽诞生记

◆ 1950年，林徽因与清华大学营建系教师合影

件请和前天送上的国徽图案归在一起"。齐燕铭收到信后，将信件及方形国徽图案转交给周恩来。

方形国徽图案从配色来讲，不能满足《启事》中"庄严富丽"的要求，但从形状来说，与众不同。

结果是众所周知的，方形国徽落选了，但这是清华大学营建系国徽设计小组做的又一次努力。

陆 总理夜谈
一定有天安门

6月10日16时,北京中南海。周恩来主持召开中国人民政治协商会议第一届全国委员会第八次常务委员会会议。

经政协常务委员会会议审议,马叙伦的报告没有得到政协常委们的认可,国旗国徽国歌国都纪年方案审查委员会的任务也没有结束。常务委员会会议通过了国徽修正案,决定"国徽小组讨论并由梁思成设计修改",并确定国徽设计要采用天安门图案。

关于政协常务委员会为何决定要选用天安门图案,王鲁湘认为:"当然,新政权的领袖人物选定天安门,是有深刻的政治考量的。他们到底是怎么想的,我们已无从考证。但是,有深厚历史感的毛泽东及参与开国的元勋们,内心深处是把自己看成一个悠久而伟大的传统的继往开来者。'周虽旧邦,其命维新',这大概是他们最终首肯张仃方案的心理基础吧。"

张奚若作为爱国民主人士,在讨论新中国国名时,提出以"中华人民共和国"为国名的建议并被采纳,写进纲领,足见其意见的重要性。张奚若在次日国徽组会议上的发言,阐明了政协常务委员会会议决定选用带有天安门的国徽设计图案的重要原因:"它代表中国五四革命运动的意义,同时亦代表中华人民共和国诞生地。"天安门的历史地位特殊且重要,对于中国革命和中国共产党有着重大的象征意义。

6月11日，马叙伦在政协全国委员会会议室主持召开国徽组会议，落实政协常务委员会会议精神。沈雁冰、张仃、张奚若、梁思成、张光彦（疑为张光宇，会议记录如此）出席。

马叙伦：关于国徽这件工作，我们筹备时间已相当长久，曾交大会审查未获得适当解决。我想在这次中国人民政治协商会议第一届全国委员会第二次会议能获得解决的。不过前经第五次常务委员会议议决，采取国徽为天安门图案，其次里边设计过程可让他们作报告。

张奚若：昨天我参加第五次常务会议，感觉天安门这个图式中的屋檐阴影可用绿色，房子是一种斜纹式，但是有人批评它像日本房子，似乎有点像唐朝的建筑物，其原因由于斜式与斜仪到什么程度是否太多？调和否？其次，从房子本身来说，不是天安门而是唐朝式。后来，我与周总理谈过后，认为采取上述图样房子是必须加以修改的。有人认为上面一条太长，而下面的蓝色与红色的颜色配合是不一定适宜的。

梁思成：我觉得一个国徽并非是一张图画，亦不是画一个万里长城、天安门等图式便算完事，其主要的是表示民族传统精神，而天安门西洋人能画出，中国人亦能画出来的，故这些画家所绘出来的都相同，然而并非真正表现出中华民族精神，采取用天安门式不是一种最好的方法，最好的是要用传统精神或象征东西来表现的。同时在图案处理上感觉有点不满意，是看起来好像一个商标，颜色太热闹、庸俗，没有庄严的色彩。在技术方面：a. 纸用颜色印。b. 白纸上的颜色要相配均匀。c. 要做一个大使馆门前雕塑，将在雕塑上不易处理，要想把国徽上每种颜色、形状表现出来是不容易的。d. 这个国徽将来对于雕刻者是一个艰巨的工作。由于以上这几点意见，贡献这次通过决议案（天安门为中华人民共和国国徽）的国徽图形上修改的意见。

张奚若：我今天所谈的仅把设计过程谈谈，我个人感觉用天安门是可以的。从其内容上来说，它代表中国五四革命运动的意义，同时亦代表中华人民共和国诞生地；其次，在颜色上曾考虑过许多次，采取地球形状是受到颜色的限制，按道理上讲，天的颜色是要用纯青色，尽量使颜色调和，不使它过于太浓太俗，可能范围内要用强烈的颜色，苏联及欧各新民主国家都是这样的。要做到相当的调和确是一件困难事，例如一个画家要绘画一个人，想把其全部画出来的那是不可能的，我们以后的雕塑亦是这样的。同时，苏联的克林姆伦宫所制出雕塑也不能全部都描写出来的。不过这些困难我们是要设法克服的。

沈雁冰：我听到很多人对国徽有分歧意见的，我们理想的国徽是代表着工农联盟的斗争精神以及物产、领土等方面，倘若把古代方式添上去有许多

共和国之徽 —— 中华人民共和国国徽诞生记

不适当的;其次,民族意识亦用什么东西来代表,除工农联盟外再找不出来什么,若用车轮来搞是没有什么意见的,一般人看之,不能立刻感觉出来,还有一部分人要求要有一种气派精神,若将此类放在里边一点没错是很困难的。同时,也有认为国徽让人看起来便立刻知道哪一个国家,由此图形上便了解该国家一切,这种要求,不唯苏联没有做到这一步,其他欧各新民主国家更谈不到。那么以中国来说,根本过去没有国徽,若有的话,都是些龙的图形。我对采取天安门图形表示同意,因为它是代

◆ 1919年5月4日,北京大学示威游行队伍向天安门进发

表中国五四运动与新中国诞生之地,以及每次大会都在那里召集的,最好里边不要写"中华人民共和国"几个字,看起来有点太俗了。

附注:未解决的问题:

1. 国徽上是否需要填写国名呢?
2. 画一个塑调彩色图是否需要?
3. 星是否用五个或一个呢?
4. 开会时画一个大图悬在会场,附再绘几个小图,再经十日晚上小组审查?
5. 原则上通过天安门图形,颜色是否加以修改?

会上大家各抒己见,尽管梁思成不赞成采用天安门图案,但与会大多数人还是赞同采用的。在会议记录上没有看到张仃的发言,但是意见都表达在随后的《设计人意见书》中了。

周恩来了解到会议的情况后,当晚就约请梁思成面谈,并做了耐心细致的说服工作,让他在清华大学组织教师,按政协常务委员会会议提出的要求进行修改,并要求国徽图案中一定要有天安门图案。

最终,梁思成领会并接受了国徽中有天安门图案的要求。

柒　中央美院两个设计方案

参加完国徽小组会议后，张仃就开始全力以赴着手修改国徽设计方案。

张仃经过认真的思考，决定把天安门图案从斜透视改为正透视，天安门城楼立面上画了10个开间（中间1间，左侧4间，右侧5间），金水桥、华表亦有呈现，天安门城楼所占比重很大，图案呈现写实风格。

◆ 1950年6月15日，中央美术学院实用美术系修改后的国徽图案

◆ 张仃（左一）在工作中

  对于张仃修改的国徽图案，张光宇和周令钊提出了很好的修改意见，使得国徽图案更加完善，曹肇基辅助张仃完成国徽图案的绘制工作。

  6月15日，他们完成了新的国徽设计方案，与上一版国徽图案的区别是相当明显的。

张仃在《国徽应征图案说明书》中,说明了图案设计的含义:

一、红色齿轮,金色嘉禾,象征工农联盟。齿轮上方,置五角金星,象征工人阶级政党——中国共产党的领导。

二、齿轮、嘉禾下方结以红带,象征全国人民大团结,国家富强康乐。

三、天安门——富有革命历史意义的代表性建筑物,是我五千年文化,伟大、坚强、英雄祖国的象征。

他还附上一份《设计人意见书》,针对梁思成的观点提出了自己的意见。

一、关于主题处理问题:

梁先生认为:天安门为一建筑物,不宜作为国徽中构成物,图式化有困难,宜力避画成一张风景画片,要变成次要装饰。

设计人认为:齿轮、嘉禾、天安门,均为图案主要构成部分,尤宜以天安门为主体,即使画成风景画亦无妨(世界各国国徽中画地理特征的风景画是很多的),不能因形式而害主题。

二、关于写实手法问题:

梁先生认为:国徽造型最好更富图式化、装饰风，写实易于庸俗。

设计人认为：自然形态的事物，必须经过加工，才能变成艺术品，但加工过分或不适当，不但没有强调自然事物的本质，反而改变了它的面貌，譬如群众要求的嘉禾式样是非常现实的，又非常富于理想的，金光闪闪，颗粒累累。倘仅从形式上追求，无论出自汉砖也好，魏造像也好，不能满足广大人民美感上的要求的，写实是通俗的，但并不是庸俗的。

三、关于承继美术历史传统问题：

梁先生认为：国徽图案应继承美术上历史传统，多采用民族形式。

设计人认为：梁先生精神是好的，但继承美术上历史传统，应该是有批判的，我们应该承继能服务人民的部分，批判反人民的部分——这是原则。更重要的：不是一味模仿古人，无原则歌颂古人，而是"推陈出新"。

梁先生认为：国徽中彩带仿六朝石刻为高古，唐带就火气重了。

设计人认为：六朝的、唐的石刻造型都可取法，看用于什么场合，有些六朝石刻佛像彩带，表现静止，确是精构，倘用在国徽中，就人静止了，而唐之吴带是运动的，所谓"吴带当风"，国徽彩带采用这样精神，正适应革命人民奔放感情的要求。

四、关于色彩运用问题：

北京朱墙、黄瓦、青天，为世界都城中独有之风貌，庄严华丽，故草案中色彩，主要采朱、金（同黄）、青三色，此亦为中华民族色彩，但一般知识分子因受资本主义教育，或受近世文人画影响，多厌此对比强烈色彩，认为"不雅"（尤其厌群青色，但不可改为西洋普蓝，及孔雀蓝，否则中国气味全失，且与朱金不和）。实则文人画未发展之前，国画一向重金、朱，敦煌唐画，再早汉画，均是如此。更重要的是广大人民，至今仍热爱此丰富强烈的色彩，其次非有强烈色彩，不适合装饰于中国建筑上，倘一味强调"调和"，适应书斋趣味，一经高悬，则黯然无光，因之不能使国徽产生壮丽堂皇印象。

作为设计者，张仃在国徽图案中坚持选用天安门图案为主体，并就主题处理、写实手法、承继美术历史传统、色彩运用问题针对梁思成的异议提出自己的不同见解——突出设计的人民性。

与此同时，作为"提供技术意见者"的周令钊也设计了一个国徽图案，其特点是采用了五星红旗中的五颗红星，其下有平面装饰的天安门图案，和张仃的图案明显不同。

周令钊在《为展示新中国形象而设计》一文中回忆了创作过程："美院张仃、张光宇设计的方案里有齿轮、麦穗，中间一个大五角星，下面是天安门。我觉得一个大五角星，太像越南国旗国徽。开国大典时新中国的国旗——五星红旗已飘扬在天安门广场上空，我就画了一张五星红旗下的平面装饰天安门，也有齿轮、麦穗、谷穗的设计草

◆ 周令钊设计的国徽图案

图,主色调为红金。通过组长张仃同志作为美院提案一并转交上去,请领导定夺。"周令钊设计的国徽图案除以天安门为主要内容外,还采用了国旗上的五星,这是此图案的最大特点和亮点。

如今,这两个设计图案依然完好地保存在全国政协档案处。两个设计图案都是画在纸上,贴在同样大小的纸板上,最大区别是大小之别:张仃的设计图是大图,周令钊的设计图是小图。图案大小有别,或许因为张仃的设计是代表集体创作，而周令钊的设计是个人创作，但从总体上看，越来越趋于成熟完美。

这两幅图案是中央美术学院提交的最后定稿，后期没有再进行过修改。

捌　清华大学多个设计方案

新林院8号，是梁思成、林徽因在清华大学的家。这是一处单层独栋的西式住宅，橙色的缸砖墙，灰色石板瓦覆盖的四面坡屋顶，门窗大多朝南，阳光充足，四周还有绿篱围成的绿化庭院，住房后面比别家多了一间汽车房。

6月12日上午，也就是周恩来约梁思成面谈的次日，梁思成、林徽因在家中召集莫宗江、汪国瑜、朱畅中、胡允敬、李宗津、张昌龄等人一起开会研究如何落实周恩来的指示。

梁思成首先传达了周恩来的要求：国徽图案内容除增加天安门外，还要增加稻穗。梁思成转变得如此之迅速，充分显示了周恩来的崇高威望与人格魅力。梁思成还详细介绍了中央美术学院实用美术系国徽设计小组的国徽图案，以及各方面对他们图案的意见。为此，大家情绪高涨，全力投入国徽设计之中。

周恩来指示增加稻穗是有来历的，这个故事很多文章都在使用，内容大同小异。赖汝强在《禾穗画到国徽上的故事》

◆ 清华大学国徽设计小组合影

中讲述，1942年冬天，宋庆龄在寓所设宴送别董必武回延安。大家看到桌子上摆着的附近农民送来的禾穗时，就说沉甸甸的禾穗像金子。宋庆龄说，它比金子还宝贵，中国人口百分之八十都是农民，如果年年五谷丰登，人民便可丰衣足食了。周恩来说，等到全国解放，我们要把禾穗画到国徽上。

　　国徽设计小组每位成员，都分配有不同的任务，有的研究整体结构,有的研究国徽的细节,诸如麦稻穗形象与排列、红绶的褶纹、齿轮的形状……大家分头搜集资料、设计方案。

　　如何把天安门图案设计进国徽,对清华大学设计小组是一个重大考验。天安门斜透视图案已遭否定,不可能再采用,只有进行重新设计。据朱畅中回忆:"林徽因先生首先给我的任务,就是让我去画天安门的透视图,她要我去系里资料室找出以前中国营造学社测绘天安门的实测图做参考。当我看到实测的天安门建筑立面图时,感到它中轴线左右对称的布局,本身就显示出一种庄严雄伟的气势,而且在视觉上有一种深远感。如果天安门图案采用立面图,不仅放大缩小作图容易、形象正确可靠,且略加阴影,就有浮雕效果。于是,我赶紧向梁、林两先生报告,建议改用天安门立面图。这建议得到梁、林两先生和小组全体同志的赞同。接着我就立即请周干峙同学根据测绘图的尺寸帮助绘制小比例尺的天安门正立面图,作为画国徽小幅图案的标准天安门图。"

　　中国营造学社于1930年2月在北平成立,这是一个研究中国建筑文化遗产最早的学术团体,社长是朱启钤。中国营造学社对故宫的测绘,始于1934年,到1937年"七七事变"前,完成了对天安门、端门、午门、太和门、太和殿、中和殿、保和殿、角楼等60余处建筑的测绘。这项工作就是梁思成率队开展的,他们在专门定制的测稿用纸上,逐一记录下各种构件的尺寸,为每座建筑绘制的测稿多达数十张,从平面、立面、剖面到构造节点细部大样都有。

　　当时,全国只有中国营造学社测绘过天安门,测绘图保存在清华大学营建系,这是清华大学营建系国徽设计小组得天独厚的条件。他们设计的有天安门图案的国徽,都采用天安门正立面图,而且比例都是正确的。为了使图面显得更开阔,构图也比较稳定,他们向两边移动了华表的位置,使得国徽显得更立体、雄伟、壮观、厚重。

为了准确地画好麦稻穗、齿轮、五角星,他们专门找来有关实物作为参考,反复对照,用作临摹,又向有关专家请教,绘制出来的图案极为传神,颇有立体感。

2014年11月,94岁高龄的张昌龄在美国芝加哥家中接受了中国政协文史馆工作人员的采访。张昌龄客厅里摆放着两张照片:一张是梁思成在病床上与林徽因讨论国徽图案的照片;一张是清华大学国徽设计小组部分成员与国徽设计图案合影的照片。据张昌龄回忆:"表现农民阶级为什么选用

◆ 清华大学营建系设计的带有天安门图案的国徽

共和国之徽 中华人民共和国国徽诞生记

麦穗和稻穗,而不是像苏联那样选择镰刀呢?我们目的是想体现中国的地大物博,既有北温带的作物麦子,又有亚热带的稻米。最开始我们设计麦穗、稻穗时,为了体现丰收,麦穗、稻穗都是沉甸甸垂下的,结在上面的麦子和米粒也一粒一粒画得很饱满。周总理看了后,说:'不好,麦穗、稻穗要画得向上挺拔一些。'(这是6月20日周恩来审查国徽时,提出的修改意见——笔者注)。我们又进行了一次修改。在设计齿轮的时候,我们学建筑的不太懂机械的东西,还专门去机械系找了一位叫郑和煌(音译)的教师,请他给我们介绍标准机械齿轮图的原理和绘制方法,最后才画出了与实际的形状一致、不失真的齿轮。"

大家提出一些方案、设想后,就在梁思成、林徽因的主持下,集体加以推敲、调整、修饰、完善,先是筛选出几个方案,

◆ 清华大学营建系设计的带有天安门图案的国徽

然后用流水作业的方法，进行色彩绘制工作。很快，就完成了多个方案，每幅图案都非常鲜艳美丽。

林徽因提出要注意国徽和商标区别的问题，展示了一些国家的国徽和家族族徽，以及一些商品的商标，并提出了精辟的见解："国徽是一个国家的标志，它应体现一个民族的历史，一个国家的意志，一个政党的主张。中国的国徽要有中国的特征、政权特征，形式也要庄严富丽，要表现出中国人民的自豪感。商标只是商品的标志，它只具有商品注册的意义，这是两个完全不同的概念。我们必须加以区别。"梁思成也阐述了对国徽设计的基本原则和要求。对国徽设计小组成员来说，这是一堂精彩绝伦的设计课，大家对国徽设计的认识也有了较大提高。

而此时，梁思成、林徽因两人的身体都不太好，几乎轮流生病。

1944年，梁思成开始写作《中国建筑史》，由于患有脊椎软骨硬化病，不得不经常穿着特制的"铁马甲"工作。林徽因的病更严重。1930年，林徽因在东北大学任教时被诊断出肺病，离开沈阳到北平治疗。1945年抗战胜利时，林徽因到重庆检查身体，发现肺部有空洞。随梁思成回到清华大学后，她的肺病已到了晚期，结核转移到了肾脏。1947年12月，林徽因在"中央医院"（今北京大学人民医院）做了一次肾脏切除手术。

尽管都是病弱之躯，但为了新中国的国徽，他们倾注了全部心血，表达了对新中国的挚爱之情。新林院8号客厅成了一个巨大的国徽"作坊"，林徽因已经完全忘记了自己是一个病人，周围的人往往也不太把她当病人看待。据林洙回忆："我每次去梁家都看到屋子里铺天盖地地摆满图纸。林徽因半卧在床上，伏在一个特制的、能在床上用的小桌上画图，累了就往后一躺。她见到我，总是对自己的狼狈状态说几句自嘲的笑话。"

清华大学国徽设计小组所有人员都夜以继日忘情地投入国徽设计工作之中。

玖　小组会议　请梁先生归集

6月13日，中国人民政治协商会议第一届全国委员会第九次常务委员会会议召开。

会议决定，由于国徽"图样尚未最终确定，决定后天将两种不同图样均带到会上最后取决"。此外，还讨论了国旗、国徽图案和国歌词谱的褒奖办法。

6月15日20时，马叙伦在中南海后花厅主持召开国徽组会议，讨论清华大学和中央美术学院新绘制的国徽方案。周恩来、张奚若、沈雁冰、郑振铎、陈嘉庚、李四光、张冲、田汉、梁思成出席。

> 梁思成报告：周总理提示我，要以天安门为主体，设计国徽的式样，我即邀请清华营建系的几位

同人，共同讨论研究。我们认为国徽悬挂的地方是驻国外的大使馆和中央人民政府的重要地方，所以它必须庄严稳重。因此，我们的基本看法是：

（1）国徽不能像风景画。国徽与国画必须要分开，而两者之间有一种可称之为图案。我们的任务是要以天安门为主体，而不要成为天安门的风景画，外加一圈，若为此则失去国徽的意义，所以我们以天安门为主体必须把它程式化，而使它不是风景画。

（2）国徽不能像商标。国徽与国旗不同。国旗是什么地方都可以挂的，但国徽主要是驻国外的大使馆悬挂，绝不能让它成为商标，有轻率之感。

（3）国徽必须庄严。欧洲十七八世纪的画家开始用花花带子，有飘飘然之感。我们认为国徽必须是庄严的，所以我们避免用飘带，免得不庄严。至于处理的技术，我们是采用民族式的。

尽管采用了天安门图案，梁思成认为国徽要"庄严稳重"，不能像风景画，不能像商标。技术的处理，还是要采用民族式的。

田汉："梁先生最要避免的是国徽成为风景画，但也不必太避免。我认为最要考虑的是人民的情绪，哪一种适合人民的情绪，人民就最爱它，它就是最好的。张仃先生设计的与梁先生颇有出入，他们两方面意见的不同,非常重要。梁先生的离我们远些,张先生的离我们近些。所以,我认为他们两位的意见需要统一起来。"

讨论决定:将梁先生设计的国徽第一式与第三式合并,用第一式的外圈,用第三式的内容,请梁先生再整理绘制。

据钟灵回忆:"当时曾袭用过去挖公文的方法,是我挖补的,一点儿也看不出来。"由此可知,钟灵曾通过挖补的方式,把第一式的外圈和第三式的内容拼接在一起,用以看出实际效果。

国徽第一式与第三式的图案是什么?从档案中看不出来。江西卫视制作播出的《经典传奇·新中国国徽背后的故事》中认为以下两图分别为第一式和第三式。

◆ 清华大学营建系设计的带有天安门图案的国徽

◆ 清华大学营建系设计的带有天安门图案的国徽

  笔者认为此说值得商榷。我们将上述两图拼接在一起，会发现和6月17日清华大学修改后的国徽图案存在较大差距。从图案上看，第三式的图案较为符合，第一式则存在较大的区别。因为钟灵通过挖补的方式，将第一式的外圈和第三式的内容拼接在一起，就是为了看出国徽的实际效果，并为会议所认可。如果是这两幅图，那么会后清华大学营建系修改的工作量很大，包括不加国名等，我们在张昌龄、朱畅中等人的回忆中并未发现有过类似表述。因此，笔者认为第一式可能是另外的图案。我们可以从6月17日清华大学修改后的国徽图案，反推出第一式的大概样式。

  这次会议讨论的清华大学新绘制的国徽方案究竟是几种？会议记录没有记载，有关人员的回忆中也没有提到。季如迅在《群贤协力绘国徽》中认为是"3幅图案",也就是第一、第二、第三式。此说可供参考。

拾　清华新案
金五星天安门

　　在此期间,清华大学营建系国徽设计小组一直在研究国徽设计的各种问题。他们从喜庆日子里挂的有金字的大红灯笼和大红绸幛中找到了灵感,而这又是中华民族千百年来的传统风俗,用于国徽,既富丽堂皇、庄严美丽,又极具民族特色。

　　于是,大家一致决定国徽采用金、红两色。

　　6月17日,清华大学营建系国徽设计小组根据国徽小组会议做出的决议,大家集思广益,不断地加以调整、改进、提高,在短短两天的时间内,又完成了一次大的修改。

　　据朱畅中回忆:"这幅国徽图案,采用金、红两色,图案的中心部分——天安门立面图采用金色浮雕,其背后上下两大片天地就采用平涂红色,成了象征革命的红色天空和红色大地。同时将国旗中的五星对称移至天安门的上方,通过背景中红色的衬映,在我们眼前呈现的图案,就令人感觉既是开阔的天空,更是一幅与天同大、宏伟无比的五星红旗下天安门场景。正是由于天安门的衬托,这面伟大的五星红旗更显得特别醒目、特别庄严、特别伟大、特别辉煌。"

修改后的国徽图案以国旗上的金色五星和天安门为主要内容，天安门图案不再是单一的"主体"，而是把天安门置于金色五星之下，其占比不到国徽的三分之一。天安门上方就是一面鲜艳的五星红旗，这更丰富了国徽的政治内涵。国徽图案构型的基本确立，对于国徽设计而言是具有里程碑意义的。

为此，梁思成、林徽因亲笔起草了《中华人民共和国国徽设计说明书》，具体阐述了设计思想、象征意义和处理

◆ 1950年6月17日，清华大学营建系修改后的国徽图案

方法。正式稿由黄报青同学用毛笔誊写，朱畅中设计了类似大红印章的封面，随后送交政协全国委员会。

《中华人民共和国国徽设计说明书》全文如下：

一、我们的了解是：

国徽不是寻常的图案花纹，它的内容的题材，除象征的几何形外，虽然也可以采用任何实物的形象，但在处理方法上，是要强调这实物的象征意义的，所以不注重写实，而注重实物的形象的简单轮廓，强调它的含义而象征化。

它的整体，无论是几件象征的实物，或几何形线纹的综合，必须组成一个容易辨认的，明确的形状。

这次的设计是以全国委员会国徽小组讨论所决定采用天安门为国徽主要内容之一而设计的。

因为天安门实际上是一个庞大的建筑物，而它前面还有石桥、华表等许多复杂的实物，所以处理它的技术很需要考虑，掌握象征化的原则必须：

（一）极力避免画面化，不要使它成为一幅风景画，这就要避免深度透视的应用，并避免写真的色彩。

（二）一切需图案化象征化，象征主题内容的天安门，同其他象征的实物的画法的繁简必须约略相同，相互组成一个图案。

二、这个图案的象征意义：

图案内以国旗上的金色五星和天安门为主要内

容，五星象征中国共产党的领导与全国人民的大团结；天安门象征新民主主义革命的开始五四运动的发源地，与在此宣告诞生的新中国，以革命的红色作为天空，象征无数先烈的流血牺牲。底下正中为一个完整的齿轮，两旁饰以稻麦，象征以工人阶级为领导，工农联盟为基础的人民民主专政，以通过齿轮中心的大红丝结象征全国人民空前巩固团结在中国工人阶级的周围，就这样，以五种简单实物的形象，借红色丝结的联系，组成一个新中国的国徽。

在处理方法上，强调五星与天安门在比例上的关系，是因为这样可以给人强烈的新中国的印象，收到全面含义的效果。为了同一原因，用纯金色浮雕的手法，处理天安门，省略了烦琐的细节与色彩，为使天安门象征化，而更适合于国徽的体裁。红色描金，是中国民族形式的表现手法，兼有华丽与庄严的效果。采用作为国徽的色彩，是为中国劳动人民所爱好，并能代表中国艺术精神的。

一九五〇年六月十七日

《中华人民共和国国徽设计说明书》的附件是国徽图样，包括标准大样、模型、油画图、墨线图各1张。此外，他们还集体创作了《对于制造国徽的说明》，阐述了对于制造国徽的考虑。

在《中华人民共和国国徽设计说明书》里，梁思成、林徽因指出，国徽不是寻常的图案花纹，必须象征化的原则。

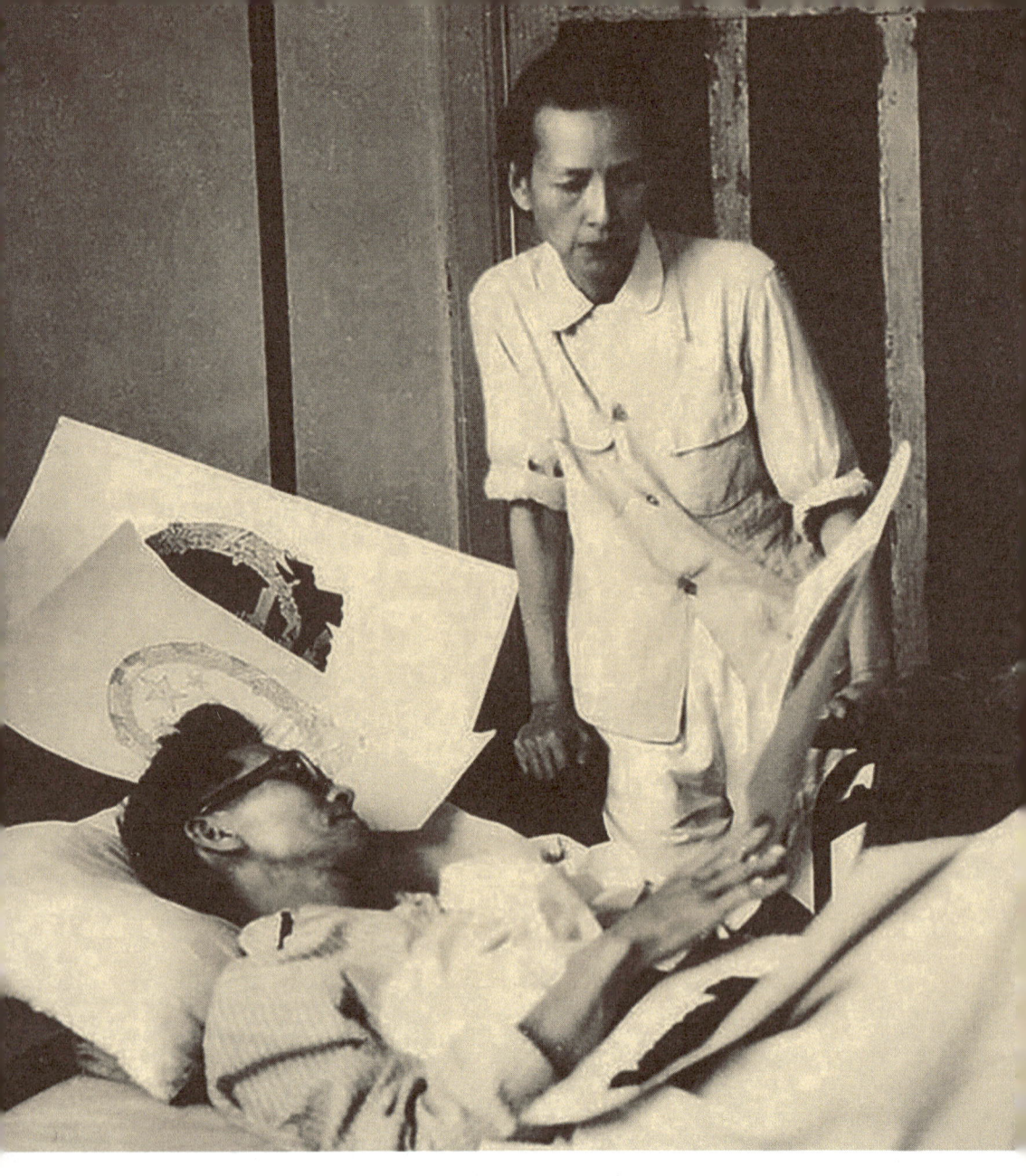

◆ 梁思成在病床上和林徽因研究国徽的设计方案

用五星、天安门、齿轮、麦稻穗、红丝结五种简单实物的形象，通过红色丝结的联系，组成新中国的国徽，并说明其象征意义。在处理方法上，强调五星与天安门在比例上的关系；用纯金色浮雕的手法处理天安门，使天安门更具象征化；用红色描金的表现手法，使国徽兼有华丽与庄严的效果，并再次强调这是中国的民族形式。

李兆忠在《玉璧与天安门——关于国徽设计的回顾与思考》一文中对此给予很高的评价："新的国徽设计定稿显示了林徽因、梁思成的大手笔。他们既接受了天安门，又对它做了改造。这首先体现在天安门与五星的比重上，更加突出了五星；天安门仅占徽面的三分之一，并且被置于五星红旗的包围中，两者互相映衬，更加完整地演绎了国徽的内涵。其次，设计者根据20世纪30年代中国营造学社绘制的天安门实测图，将天安门做了图案式、虚拟化的处理，高度精确的同时，又高度的象征化，并且采用金色。这样一来，就与写实的天安门风景画拉开了距离，因此而获得一种形而上的象征意味。"

《中华人民共和国国徽设计说明书》和新的国徽图案送出后，清华大学营建系国徽设计小组还在继续设计，进一步改进，力求完美。由于过度紧张劳累，梁思成终于无法支撑，病倒了。

梁思成、林徽因以病弱之躯，为完善中华人民共和国国徽的设计拼尽了全力，这种爱国主义精神和敬业精神永远值得我们景仰和学习。

拾壹　最后审查　确定国徽方案

根据《中国人民政协二次全委会议小组组织办法》规定："国徽审查组与提案审查组参加人员由常务委员会决定。"常务委员会决定国徽审查组名单如下：沈雁冰、张冲、马叙伦、廖承志、郑振铎、张奚若、梁思成、邵力子、李四光、陈嘉庚。召集人为沈雁冰、张奚若、张冲。

国徽审查小组成立后，很快就召开了会议，审查国徽设计方案。沈雁冰在报告中汇报了国徽审查情况，遗憾的是报告没有标注具体时间。根据报告内容和两个国徽设计小组的工作进展情况，此次国徽审查小组会议开会时间应在1950年6月17日至20日之间。在《中华人民共和国国旗国徽国歌档案》中，有一份沈雁冰写的《国徽审查小组报告》，报告如下：

> 赞成梁思成新作图样（金朱两色、天安门、五星）者，计有：张奚若、郑振铎、廖承志、蔡畅、邵力子、陈嘉庚、李四光（李未到，就昨天已表示赞成此图之原始草样）。
>
> 邵力子于赞成该图样时，提一意见，主张把梁的原始草样之一与此次改定之样综合起来，使此改定样的天安门更像真些。

> 赞成的理由：梁图庄严，艺术结构完整而统一（邵力子说张图美丽而梁图庄严）。
>
> 田汉、马夷老，说两者各有所长。
>
> 马先生对于梁图，认为天安门用金色，与今日之为红色者不符，与革命的意义上有所不足。
>
> 关于梁图之天安门改色一层，小组会上有过研究，廖承志且以色纸比附，结果认为红地金色有失庄严感，配以或杂以他色，皆将弄成非驴非马。
>
> 雁冰曾询在组以外见过此两图者之意见，或言张图美丽，或言梁图完整，而觉得两图都不理想。
>
> 在年长的一辈人中间，对于张图意见较多，对于梁图意见较少。
>
> 报告呈上，请尊决。

沈雁冰写完报告后，又补写了关于国徽设计图案修改的意见：

> 用梁图（原始图之一）的天安门搬到梁改定图上，地用米色，五个星缩小些，用红色——如此不知色彩上调和否？

1950年6月20日，沈雁冰在中南海政协全国委员会主持召开国徽审查小组最后一次会议。周恩来、马叙伦、张奚若、邵力子、李四光、张冲、陈嘉庚、郑振铎、蔡畅、邢西萍、欧阳予倩出席。这是周恩来百忙之中抽出时间第二次与会，

共和国之徽

中华人民共和国国徽诞生记

会议确定清华大学营建系国徽设计小组设计的国徽图案为最终选定方案。这是国徽诞生过程中的一个重要转折点。

会议主要讨论了两个问题：一是确定送审的国徽图样；二是国旗、国歌、国徽应征者的奖励。由于梁思成卧病在床，他派朱畅中作为代表与会听取意见。

怀仁堂会场的沙发上陈列着多件待审查的国徽图案，左一和左三两块木板上是清华大学营建系国徽设计小组修正完

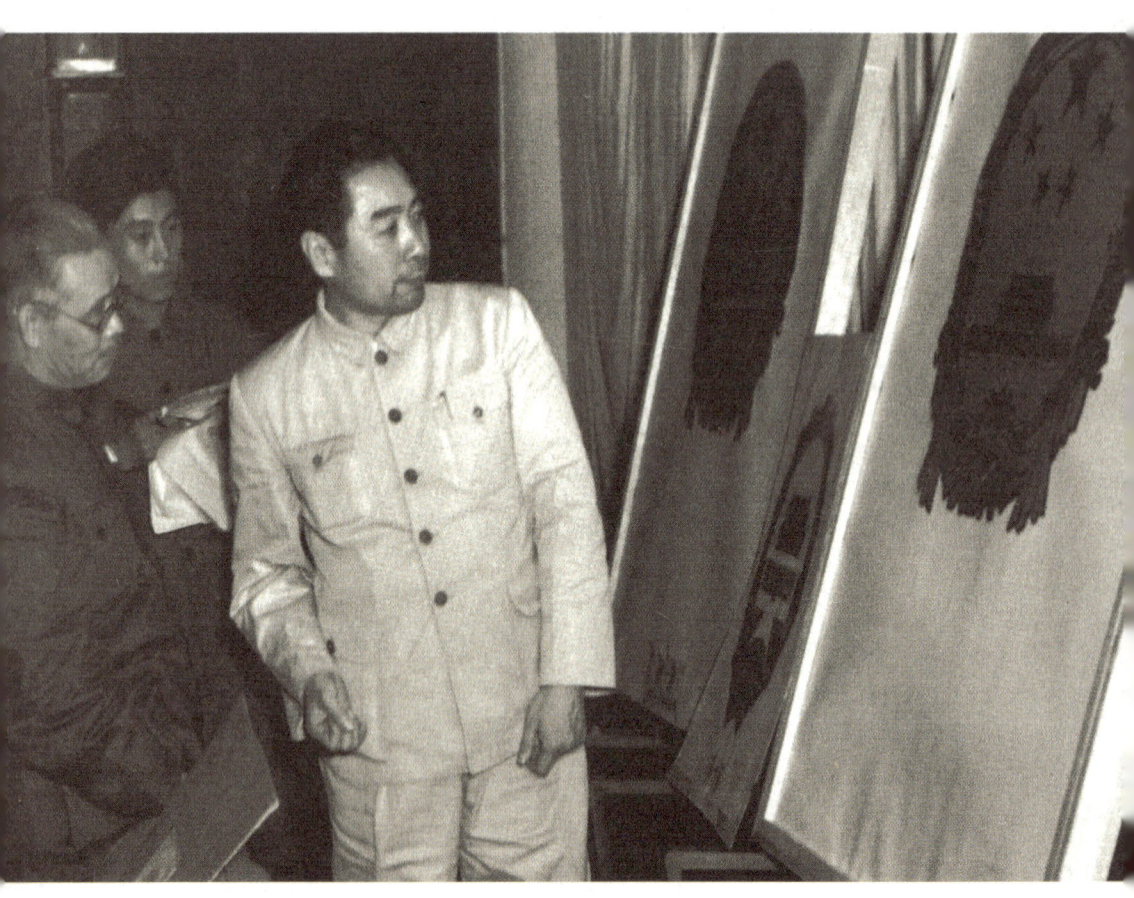

◆ 1950年6月20日，周恩来审定国徽

成的两幅图案，左二和左四是中央美术学院完成的图案。两家图案都以天安门为主体。清华大学的图案为五星红旗布满天空，下面是天安门，周围是齿轮、麦稻穗和绶带，整个图案以金红两色相间，显得庄严辉煌；中央美术学院的图案也包含天安门、齿轮、麦稻穗等要素，但天安门占据画面主体，上面是蓝天，前面是金水桥，呈现写实风格，显得五彩纷呈。二者风格完全不同。

周恩来来了之后，沈雁冰宣布开会。审查组的成员们一边观看，一边评论，会场气氛热烈。下面是当时的会议记录：

> 第二图在艺术上非常成熟，结构完整而统一，较第一图门洞显明，较第六图庄严。（郑振铎、张奚若、沈雁冰）
>
> 图下面带子联结一起，象征着工农团结。（周恩来）
>
> 印时用金色和红色，若用黄色和红色则不够美观。金色和红色表现了中国特点。第六图红红绿绿，虽然明朗，但不够庄严。（马叙伦、周恩来）
>
> 天安门旁的一排小栏杆可以不要，因这样显得太琐碎，不够大方，稻子也显得不整齐。（张奚若、郑振铎）

与会者在比较第二图（清华大学）和第六图（中央美术学院）后，赞成第二图者居多。

大家的意见讲完了，会场陆续安静下来，似乎在等着周恩来表态。而周恩来却注意到一直沉默不语的李四光先生，悄悄地走到李先生的座位旁，双手扶着沙发。

周恩来问："李先生，您看怎样？"

李四光仔细观看，再次比较了两家设计的国徽图案，然后指着左边清华大学设计的图案说："我看这个图案气魄大，天安门上空像是一幅整个天空一样大的五星红旗，气魄大；下边，天安门前的广场也显得宽广深远，气势恢宏。金、红两色，使得整个图案有鲜明的中华民族特色，对称均衡、庄严典雅又富丽堂皇，我赞成清华大学这个方案。"

周恩来再次看了两家设计的图案，随即询问大家是否还有其他意见。他停顿片刻，看没有人发言，就接着说："那

◆ 国徽小组通过的国徽图案

么好吧，就这样决定吧！"

大家纷纷表示赞成。接着，周恩来又问："清华梁先生来了没有？"

张奚若回答说："梁思成先生因病请假，他派代表来了。"张奚若马上叫朱畅中上前面来。

当时周恩来站在清华大学的国徽图案前面，指着国徽边框上沉甸甸垂下的稻穗图形问朱畅中："这是什么？"

朱畅中答："是稻穗。"

周恩来又问："能不能画得向上挺拔一些？"

朱畅中不假思索地回答："稻穗下垂，表示丰收。"

以上这段文字来自朱畅中的回忆，给我们留下了难忘的记忆。李四光眼光非常独到，指出了清华大学设计的国徽图案特点："气魄大""气势恢宏""图案有鲜明的中华民族特色""庄严典雅又富丽堂皇"，这既是梁思成、林徽因所一直坚持的原则，又符合《启事》中的要求，得到多人的赞同。最后，周恩来提议写一个解释书，将第二图拿到中国人民政治协商会议第一届全国委员会第二次全体会议会场，印发《国徽图样》，以便委员们在表决时参考。

6月21日，马叙伦、沈雁冰以国徽审查组（原第六小组组长）、国徽审查组召集人（原第六小组副组长）的名义，向中国人民政治协商会议第一届全国委员会第二次全体会议提交《国徽审查组报告》。

马叙伦、沈雁冰在《国徽审查组报告》中报告了国徽的拟制过程，以及最终选定的方案、图案说明。

共和国之徽

中华人民共和国国徽诞生记

国徽方案的拟制，在中国人民政治协商会议筹备会中是和国旗同由第六小组负责设计的。当时小组会议上作了公开征求的决定，并且制定了征求条例……在公开征求后，国徽的应征者较少，且大多数不合体制，未能应用，当经报告于政协大会主席团在案。经大会主席团决定再行邀请专家另制，并嘱由大会国旗国徽国都纪年方案审查委员会召集原任第六小组组长马叙伦及原任第六小组副组长沈雁冰继续担任拟制国徽的任务。叙伦、雁冰当即邀请专家另行设计，计得有仿政协会徽拟制的五个图案，亦仿会徽形式而以天安门为主要内容的一个图案，另有以民族形式拟制的两个图案，一并送请全国委员会常务委员会审定。经常委会认为均未恰当，指示以第二种方式为主，加以修正，另制图案……先经雁冰邀请本届全体会议国徽审查组各组员共同审查，认为合格，予以通过。

拟定国徽图案的说明如下：

一、形态和色彩符合征求条例"国徽须庄严而富丽"的规定。

二、以国旗和天安门为主要内容，国旗不但表示革命和工人阶级领导政权的意义，亦可省写国名。天安门则象征五四运动的发源地和在此宣告诞生的新中国，合于条例"中国特征"的规定。

三、以齿轮和麦稻象征工农，麦稻并用，亦寓地广物博的意义，以绶带紧结齿轮和麦稻象征工农

> 联盟。此两项核与条例甲乙两项规定，亦相符合。
> 　　以上报告，是否有当，合行连同国徽图案一幅，提请大会公决。

周恩来在报告上做了多次修改（主要是标点符号，唯一文字修改是将报告日期改为"六月二十一日"）后，批示"照印"。

第二天清早，朱畅中立即奔赴新林院8号，向梁思成、林徽因和全体小组成员报告会议情况，及周恩来关于改进稻穗细部形象的指示。

在场的人听到国徽图案将要提交中国人民政治协商会议第一届全国委员会第二次全体会议表决时，都非常兴奋。梁思成、林徽因和大家讨论改进稻穗细部处理的方案，然后亲自动笔修改。

经过一两天废寝忘食的工作，一幅新的国徽图案呈现在大家眼前。新图案更加庄严富丽，麦稻穗也更挺拔，上方贴着"国徽"（红色剪纸），下方是"国徽图案说明"（隶书）。

"国徽图案说明"很简洁，只有3条内容，但是每一条内容都紧扣《启事》的要求：

第一条，是从国徽形态和色彩上来说，符合"庄严富丽"的要求。

第二条，是从国徽主要内容来说，以国旗和天安门为主要内容，符合"中国特征"的要求。

第三条，是从国徽其他要素来说，麦稻象征工农联盟，符合"政权特征"的要求。

共和国之徽 中华人民共和国国徽诞生记

◆ 清华大学营建系修改后的国徽图案

　　国徽图案修改完成后，随即送到中国人民政治协商会议全国委员会，并紧急印成《国徽图样》（仅有两页，封面页和正文页），供大会讨论表决。

　　国徽的拟制工作终现曙光。

拾贰 政协全会国徽原则通过

1950年6月14日至23日,中国人民政治协商会议第一届全国委员会第二次全体会议在北京召开,土地改革是此次会议的中心议题。

出席此次会议的有全国委员会委员149人,及不兼全国委员会委员的中央人民政府委员25人。列席会议的有特别邀请的38人,地方政治协商委员会推派的代表46人,以及中央人民政府各部门负责人、政协全国委员会工作人员、地方人民政府负责人、人民解放军军区与直属兵团负责人、驻外国的代表使节共164人。

6月23日,毛泽东在北京中南海怀仁堂主持召开全体会议,马叙伦报告国徽审查小组意见。由于梁思成生病,林徽因受邀参加了当天的会议。

马叙伦报告国徽审查小组意见后,还报告了四个方面的意见:

> 第一个意见,是有一位先生口头向我提出,认为图案中工人阶级领导不够明显,需将齿轮扩大到原图案以外。
>
> 第二个意见是书面提出的,认为上下都需要有齿轮,用蓝颜色把它明显地突出来。

共和国之徽

中华人民共和国国徽诞生记

國徽圖樣

中國人民政協一屆全委二次會議秘書處印

一九五〇年六月

◆《国徽图样》

第三个意见认为现有的麦稻穗太稀疏，不够坚实，应该增添一些。

第四个意见认为：（1）气魄不够伟大；（2）不够艺术化；（3）颜色太单调；（4）不够庄严。

马叙伦汇报完上述四个意见后说："对上述四个意见，都是我们过去在小组中研究过的，认为比较好，比较庄严。颜色是简单些，但复杂了也不好。所以，我们决定采用现有这个，大家以为如何？请考虑。"

毛泽东接着说："经过全国委员会常委会研究后，认为这个图案是比较好的，有人提议要坚实些，这个提议值得注

◆ 毛泽东主持讨论国徽图案

共和国之徽 中华人民共和国国徽诞生记

意,土改之后,生产发展、农业发展是要饱满些。是不是在这次会上我们原则通过,有些修改,可交常委会研究。因为国徽有关全国性,请起立表决。"

会议经起立表决,以138人赞成,绝大多数同意通过决议:中国人民政治协商会议第一届全国委员会第二次会议同意马叙伦委员代表国徽审查组的报告,并绝大多数通过国徽审查组所拟定的国徽图案,提请中央人民政府核准公布。

据梁从诫回忆:"1950年6月全国政协讨论国徽图案的大会,母亲曾以设计小组代表的身份列席,亲眼看到全体委员是怎样在毛主席的提议下,起立通过了国徽图案的。为了这个设计,母亲做了很大贡献……正因为这样,她才会在毛主席宣布国徽图案已经通过时,激动地落了泪。"

◆ 梁从诫

林徽因对国徽的设计是倾注了全部智慧与心血的,看到自己参与设计的国徽在政协会上通过,因激动之情难以抑制而流泪,外人难以体会其中的甘苦。林徽因回到家后,紧紧地抱住梁思成,说:"这一刻,我已经等了很久了,我终于为我的祖国,做了一件有意义的事情。"

国徽图案通过后,清华大学营建系国徽设计小组开始进行细部设计(各部分的长短、大小、距离、比例,稻麦穗的行数、稻麦芒的长短、麦粒、稻粒的排列数,红绶带的长度和折叠形式……),这些都是在不改变原通过图案内容、色彩、整体结构的前提下进行的。李宗津、莫宗江、汪国瑜、胡允敬、张昌龄、朱畅中有时还要带好工具到中南海通宵工作,完善国徽图案。

据梁再冰回忆:"1950年6月底,我从汉口新华社四野总分社调回北京新华总社工作……回到清华园的家里后,客厅的情景使我大吃一惊:到处都是红、金两色的国徽图案——沙发上、桌子上、椅子上摆满了国徽,好像这里已经成了一个巨大的国徽'作坊'。这时,清华大学营建系的国徽设计方案刚刚通过,包括父母在内的全体师生,他们个个都是兴高采烈,干劲十足。"

新林院8号客厅的气氛也变了。原来喜欢到客厅来聊天交谈的人很多,但那个时候,客厅成了一个巨大的"工作间",营建系的师生们来来往往,每个人既紧张又激动。那时梁再冰住在城里,不一定每周回家,但每次回去都能感受到家中浓厚的"国徽气氛"。

6月28日,毛泽东在中南海勤政殿主持召开中央人民政府委员会第八次会议。会议通过了中华人民共和国国徽图案，附有《国徽图案说明》如下：

> 国徽的内容为国旗、天安门、齿轮和麦稻穗，象征中国人民自五四运动以来的新民主主义革命斗争和工人阶级领导的以工农联盟为基础的人民民主专政的新中国的诞生。

由此，国徽平面设计工作告一段落，立体塑造工作开始了。考虑到清华大学营建系有天安门城楼实测图，还有出色的雕塑艺术家，这个任务就交给了清华大学营建系。

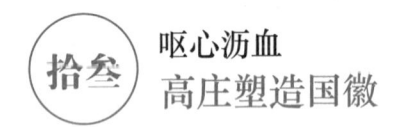

拾叁　呕心沥血
高庄塑造国徽

国徽图案是平面设计，还需进行立体塑造工作，这对国徽后期的制造至关重要。在梁思成的建议下，这项工作交由清华大学营建系教授高庄负责。

高庄原名沈士庄，能到清华大学营建系任教，有赖于梁思成的慧眼。梁思成创办清华大学营建系时，不拘一格聘请人才，尊重并发挥各人所长。

《清华校史丛书·清华人物志》记载这样一件事："有一位教美术的教授，精通业务，但脾气倔直，见到他不满意

◆ 高庄绘制的国徽草图

的人和事就要直言批评，不留情面，不管你是学者还是长者，是领导还是教授，因此得罪过不少人。聘请不聘请这位教授来清华工作？梁思成公开宣布，'只要他工作好，我让他三分。'"这个人就是高庄，梁思成看中高庄的才华，聘请他到清华大学工作。由于梁思成知人善任，能团结人，高庄工作起来心情十分愉快。

1950年7月,高庄接受立体塑造工作后,一开始是用泥巴,使用三把自制的黄杨木工具按原图案来塑造。他对国徽平面图案进行仔细研究后,发现图案有失协调之处:稻麦秆向外弯曲、稻麦穗垂头杂乱、红绶带的飘带缺乏来龙去脉,等等。因此,还需要做较大的修改。

20世纪80年代初,原中国革命博物馆专家季如迅采访了高庄。高庄回忆:"在修改和艺术造型过程中,坚持了政治性、艺术性、自然性和历史性四个标准的统一,遵照了周恩来同志提出的国徽形象要'向上'(即表现新中国蓬勃向上)和'响亮'(色调要明亮)的要求,并注意以实物比较和借鉴古代雕塑的表现手法。"

遵照周恩来的指示,坚持政治性、艺术性、自然性和历史性四个标准的统一,是高庄在塑造国徽时所遵循的原则。为了赋予国徽更高的民族气魄和时代精神,高庄觉得必须要对平面图案进行改动。

这样一来,就产生了矛盾。因为国徽图案经毛泽东审阅、中央人民政府通过,是不能有任何修改的,除非得到毛泽东批准。对此,梁思成也无法同意。

据高康回忆:"父亲高庄真正参与这次活动只有一个多月的时间,但那争吵的激烈、情绪的冲动和完全忘我的投入却令我永生难忘。致使在多少年后的政治风浪中,父亲当时的态度和方法都成为被褒贬的话题。父亲在具有真正学者风度的梁先生的信任、支持和保护下,在他们之间斗争、统一,再斗争、再统一的不断推动下,终于完成了最后的设计,放出了他一生中最强的火花。在后来的年月中,父亲针对有人指责他当年对梁先生的'态度问题'时，感慨地对我说道：'其实，梁先生才是真正能理解我的人。'"从中可见当时高庄与梁思成争论之激烈，但是梁思成信任他、支持他，并最终圆满地完成了国徽的塑造工作。

高庄怀着责任与理想，毫不退缩。他顶着巨大的压力上书毛泽东，坦率地提出自己的想法："主席：您是一个伟大的政治家，但不是一个艺术家……"这需要何等的真诚和勇气！据清华大学校友熊明回忆，他曾在高庄家中看过此信。

在制作浮雕模型阶段，高庄更是精益求精，参考了大量资料。他专程去琉璃厂自费购买了一尊北魏佛像和几面唐代铜镜，研究其造型以及衣褶的表现手法，这些文物在塑造国徽的过程中起了重要的参考作用。

据朱畅中回忆："高庄先生冒着炎热的天气，怀着对祖国对党无限忠诚热爱的心情，以主人翁的政治责任感，对国徽浮雕模型设计制作工作，献出了自己全部艺术才华，夜以继日，从不间歇地去完成这项光荣而崇高的任务。他反复观察稻麦穗的形体，加以艺术概括和程式化，反复研究稻麦穗在国徽模型中的造型。我们有时看到他为了塑造一颗稻谷或麦粒，可以聚精会神地凝视思索几小时才动一下雕塑刀子，添上一点或刮去一点胶泥。他反复思考探索每一条线、每一面的形象。他对每一构件的每条线、每一块小面，都从不含糊放过，都赋予艺术生命力。他对祖国神圣庄严的国徽，真是倾注了自己全部心血。"

高庄用了一个多月的时间进行探索、试做，反复构思，精心比较：把麦稻穗改成分行并列向上，显得更加挺拔；红绶改成有规律的穿插，与天安门城墙相呼应；其他如天安门的大小、华表的位置、国旗上五角星的距离等地方也做了修改。在构思逐渐成熟后，又经过三天四夜连续苦干，才将立体模型塑造成功。

高康回忆："原来设计的稻麦是自然形交杂在一起，穗头下垂，表示丰收。父亲说：'我在解放区受到最深刻的教育之一，就是革命要有组织性和纪律性。不然人头落地，革命就不能成功。'他把这一思想运用到了稻麦分组。稻麦层层向上，排列规律，颗粒饱满，一浪推一浪，就连穗芒排列相交的顶端，他也改变常规'〉〈'形的做法，形成了'八'字形。他解释说，这不仅加强了上冲感，也有'钉拔'之意（形似木工用来拔钉子的工具），表现我们共和国什么样的困难都能战胜。"

在这期间，由于连续承受强烈的反射光，高庄的眼睛被灼伤，右眼有一段时间竟失去了视力，右手也出现断断续续的麻木症状。那段时间，他连儿子高康都没有时间管了，到了吃饭的时间就让他去买烧饼。

然而，高庄不舍昼夜精心打磨的国徽模型，拿到中南海后却没有通过。有关方面说，必须按原图纸重做。高庄只好再次投入紧张的工作中去。为了赶进度，学校派雕塑老师徐沛真协助其制作。不久，时任政务院政治法律委员会副主任、北京市各界人民代表会议协商委员会主席的彭真和康克清来清华大学看望梁思成、林徽因，到隔壁新林院9号了解高庄塑造国徽立体模型的情况，并带来了毛主席同意改进的意见，这使得高庄无比兴奋。

◆ 高庄塑造的国徽模型

　　为了使国徽更完美、壮观，他把做好的国徽石膏模型与平面图案放在一起，让大家比较评论，听取意见，不断改进。其中，麦稻穗相接处留有缺口问题的解决和郭沫若有关。

　　郭沫若是第六小组成员，国徽的征集、图案初选等工作都参与了。中华人民共和国成立后，他的工作更加繁忙，除担任中央人民政府政务院副总理、兼任文化教育委员会主任外，还是中国文联主席、中国科学院院长，工作千头万绪。尽管如此，他对国徽的进展情况十分关注，提出了"金瓯无缺"的设计思想。高庄按照这个设计思想,将麦稻穗缺口设计为宝瓶口,下衬以完整的金环,达到了郭沫若提出的要求。中国国家博物馆馆藏的国徽图案稿上写有一行钢笔字:"郭老已看过,说'金环可喻金瓯无缺'。"

正是在高庄的辛勤努力下,修改后的国徽,规整庄严、刚劲统一、美观大方,充分体现了中华民族的气魄和时代精神。

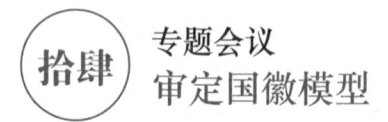

拾肆 专题会议 审定国徽模型

8月18日,沈雁冰在政务院会议室主持召开关于国徽使用、国旗悬挂、国歌奏唱办法及审查国徽图案座谈会。邵力子、张仃、钟灵、张光宇、李宗津、高庄、余心清、王倬如、阎宝航、沈雁冰、梁蔼然、徐悲鸿、丁聪出席。

经讨论,会议同意了国徽使用、国旗悬挂、国歌奏唱三项办法草案并加以修正。高庄带去了国徽模型,并就国徽模型塑造做了说明。

高庄所说的11个"更",是他对艺术设计提出的最高要求,也是他长期实践中的艺术追求。他对国徽的修改主要有三处,修改的部分和理由如下:

一、绶带的修改——新图较旧图更有力,更规律化。

二、稻粒的修改——仍有丰富感,但不零乱琐碎。

三、将非正图改为正图——易于仿制，更明朗，更健康。

因此，与会者一致同意、认可了高庄的修改，并给予高度评价，同时也认为其中有不足之处，并提出了新的修改要求："总的来说，修改稿较原稿严肃、统一，有组织、有规律，在艺术性上更完整，美中不足者，嘉禾叶子，稍显生硬，拟再略加修改。"

于是，高庄根据会议要求，对嘉禾的叶子再度进行了认真细致的修改，使其更加自然流畅，国徽更显庄严而富丽。

◆ 国徽模型

各位同志：

　　国徽模型的塑造，给我耽误了很多时间，非常抱歉。不过，耽误的时间是由于我的一种欲望，这种欲望就是想使我们的国徽：更庄严、更明朗、更健康、更坚强、更程式化、更统一、更有理性、更有组织、更有规律、更符合于应用的条件；总起以更高的民族气魄和时代精神，以及我们的国徽的艺术性提高到国际水平，和千万年久远的将来。因此，在我塑造的中间作了一些修改，是否有当，请予裁夺。

　　　　　　　　　　　高庄
　　　　　　　　　一九四九年
　　　　　　　　　　八月十八日

◆ 高庄关于国徽模型塑造的说明（1949年应为1950年）

国徽正式颁布后，高庄亲手制作了一枚国徽，悬挂在清华大学营建系（旧水利馆二楼）前的柱子上。营建系的师生一上楼，迎面就能看到庄严的中华人民共和国国徽。这是纪念，更是鼓励。

国徽设计任务完成后，中央人民政府政务院向参加设计的人员发放了奖金。高庄谢绝了梁思成多给他发放奖金的建议，而是提出把这笔款项用来支援抗美援朝。于是，大家纷纷把奖金捐给了国家。

这是国徽设计者们深深的家国情怀。

自立

共和国之徽
中华人民共和国国徽诞生记

第三部分 / 公布·制作

壹 主席命令
国徽正式诞生

1950年9月2日,中央人民政府委员会办公厅副主任余心清、政务院副秘书长孙起孟在政务院邀请范长江、林徽因、高庄、徐悲鸿、陈正青、吴劳、王倬如、韦明、梁蔼然、钟灵等人,就国徽的公布、制造、颁发问题商定具体办法。

9月3日,余心清、孙起孟将商定的关于国徽公布、制造及颁发问题的报告呈送给周恩来。当日,周恩来做了若干修改后,批示"照办"。

时任中央美术学院美术供应社社长吴劳负责审阅国徽墨线图、纵断面图。吴劳对国徽方格墨线图略加修正后,增加了方格线,连同国徽纵断面图一起送周恩来审阅。

经周恩来审阅后的国徽方格墨线图、国徽纵断面图,与国徽照片、国徽

◆ 吴劳

图案制作说明一起,由时任中央人民政府新闻总署副署长范长江负责在报纸上发布相关事宜。国徽图案及说明要先期送达全国新闻发布机构(大约两个星期可达交通便利的大城市)。这样,国徽文件在北京的报纸上公布时,全国各大城市的报纸也能同时发布。

◆ 中华人民共和国国徽方格墨线图

按照当时政务院的机构划分,新闻总署、出版总署是两个部门,因而由范长江负责在报刊发布事宜,并接洽出版总

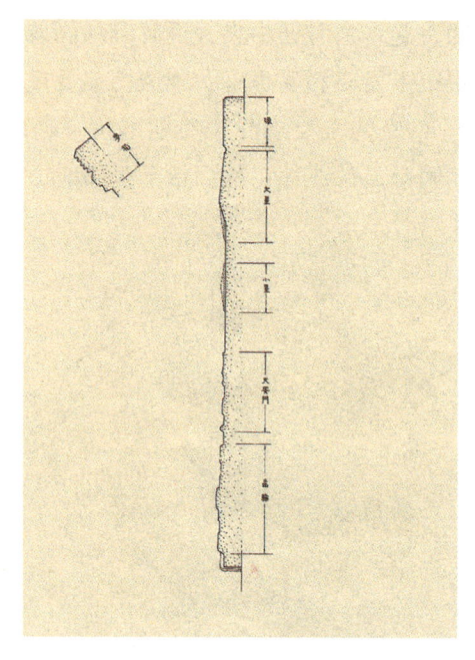

◆ 中华人民共和国国徽纵断面图

署,希望全国各地杂志于10月份将彩色国徽图案刊登出来。

同时,由人民印刷厂印制国徽彩色及墨线图案4000份,订成册页,发给各大行政区、省市县级以上机构(之后,林伯渠指示应向军队及党派团体增发,又加印1000份)。由于国徽浮雕一时难以发至县级政府机构,由人民印刷厂印制彩色国徽大挂图5000份,分发各县,使之能早日悬挂。

9月6日,林伯渠将余心清起草的关于国徽公布、制造及颁发问题的报告报与毛泽东,并附给周恩来核批的报告,以及国徽石膏浮雕1面,墨线图、断面图、照相各1张。次日,毛泽东批示"同意"。

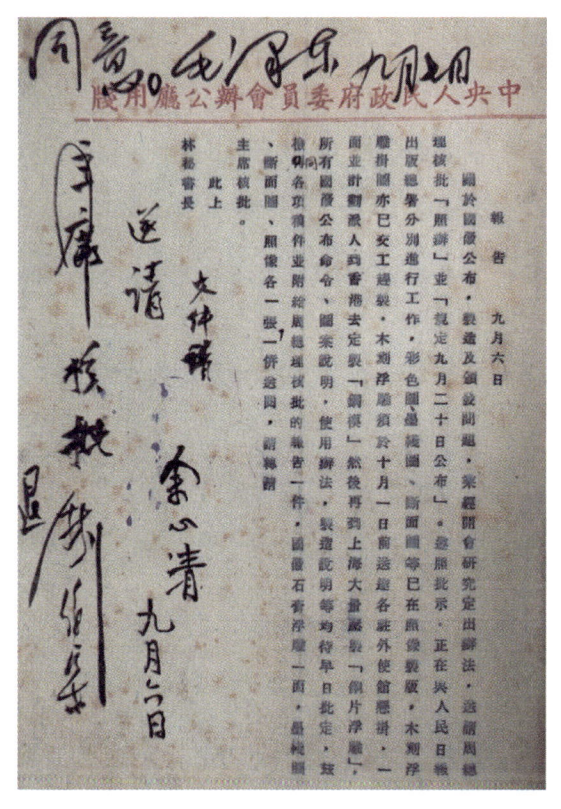

◆ 林伯渠、余心清关于国徽公布、制造及颁发问题的报告及毛泽东的批示

国徽的制作说明公布在即,虽然已经起草了多稿,但是都不令人满意。中央人民政府委员会办公厅对此事高度重视。9月8日,办公厅派人去叶圣陶家,请他帮忙起草。叶圣陶当即写了4句话交给工作人员。当晚,他在日记中写道:"似亦未尽佳,若不看图,仍不能明其所指。"看来,叶圣陶并不太满意。

共和国之徽 中华人民共和国国徽诞生记

◆ 经毛泽东批准的国徽石膏浮雕

9月12日，中央人民政府出版总署办公厅专门就在杂志上发表国徽照片、《中央人民政府命令》、《国徽制作图案说明》，以及发表时应注意的事项致函各杂志社，要求上述内容应于9月20日或20日后出版的最近一期上发表。

9月14日，中央人民政府出版总署办公厅就再寄去国徽方格墨线图、国徽纵断面图事宜致函各杂志社，要求发表国徽方格墨线图、国徽纵断面图。

9月16日，余心清将国徽公布、印刷、制作及颁发工作进行情况呈报周恩来。国徽图案及对于图案的说明，以主席命令公布。国徽方格墨线图、纵断面图及制作说明，以中央人民政府委员会办公厅的名义公布。国徽发布时间问题，经请示林伯渠秘书长同意，交给新闻总署范长江副署长在9月20日发布。次日，周恩来批复了这个报告。

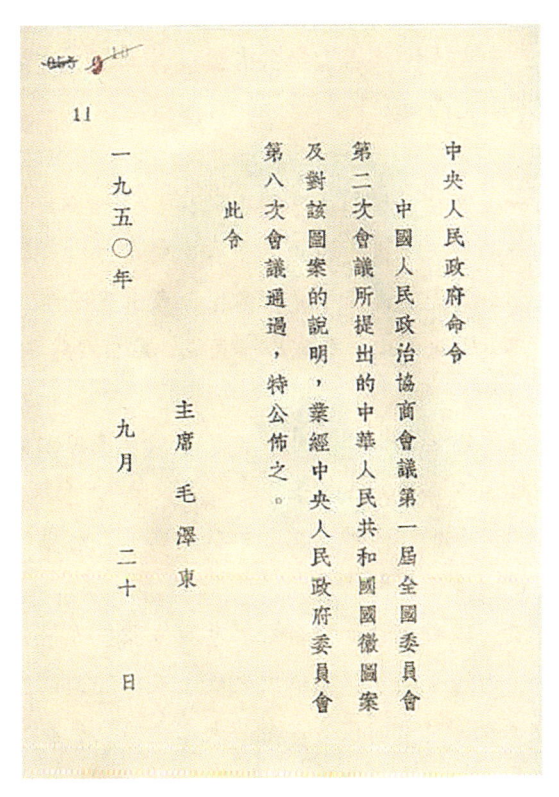

◆ 《中央人民政府命令》

9月20日，中央人民政府主席毛泽东发布《中央人民政府命令》，公布了国徽图案。同时，公布的还有《中华人民共和国国徽图案说明》：

国徽的内容为国旗、天安门、齿轮和麦稻穗，象征中国人民自五四运动以来的新民主主义革命斗争和工人阶级领导的以工农联盟为基础的人民民主专政的新中国的诞生。

同日，中央人民政府委员会办公厅公布了《中华人民共和国国徽图案制作说明》：

一、两把麦稻组成正圆形的环。齿轮安在下方麦稻秆的交叉点上。齿轮的中心交结着红绶。红绶向左右绾住麦稻而下垂，把齿轮分成上下两部。

二、从图案正中垂直画一直线，其左右两部分，完全对称。

三、图案各部分之地位、尺寸，可根据方格墨线图之比例，放大或缩小。

四、如制作浮雕，其各部位之高低，可根据断面图之比例放大或缩小。

五、国徽之涂色为金红二色：麦稻、五星、天安门、齿轮为金色，圆环内之底子及垂绶为红色；红为正红（同于国旗），金为大赤金（淡色而有光泽之金）。

中华人民共和国国徽终于确定了，一个崭新的国家形象宣告诞生。

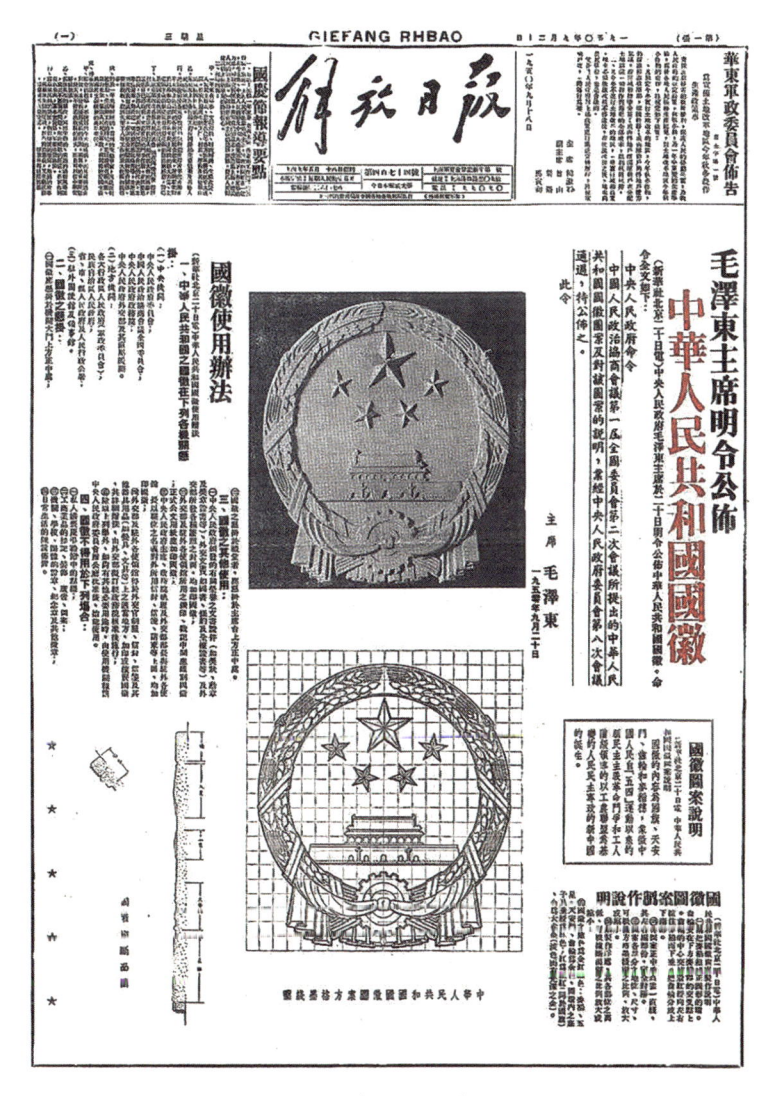

◆ 1950年9月20日，《解放日报》关于国徽的报道

贰　北京制造
首批木质国徽

9月3日，在余心清、孙起孟呈送给周恩来的关于国徽发布、制作及颁发问题的报告中，规定了全国各地应悬挂的国徽浮雕，由中央人民政府统一制作，其尺寸分大、中、小3种，大号直径为1米，中号直径为80厘米，小号直径为60厘米。

其中，关于木刻国徽的制作方案有两项：

> 中央人民政府、政务院、怀仁堂、外交部所悬挂的国徽，一律用木刻，限于十月一日前做好挂上。由钟灵同志负责办理。
>
> 各驻外大使馆的国徽，一律木刻，限十五日前做好，由王倬如同志与美术供应社接洽办理，然后由飞机分别送达。

报告中没有写明制作单位，根据大庭木工厂王永久师傅的回忆，我们可知天安门城楼上悬挂的国徽是大庭木工厂制作的，其余3枚国徽则没有明确，根据现有资料可知，可能是由大庭木工厂制作，或由美术供应社制作。

王倬如负责办理的是我国各驻外大使馆的国徽，具体数量资料中没有写明。在1950年国庆节前与我国建交的国家有苏联、保加利亚、罗马尼亚、朝鲜、捷克斯洛伐克、匈牙利、波兰、阿尔巴尼亚、缅甸、越南、印度等。由于资料有限，我们无法确定这些大使馆是否都会在国庆节前悬挂国徽。但是，从制作数量上看，当时最多不会超过17枚。其制作事宜由美术供应社负责。

1948年5月，中共中央决定将华北联合大学和北方大学合并，成立华北大学，为迎接全国解放培养大批建设干部。8月24日，华北大学成立，吴玉章任校长，范文澜和成仿吾任副校长。校址设在河北省正定县城。下设"四部两院"："四部"中的一部为政治学院，二部为教育学院，三部为文艺学院，四部为研究部；"两院"是工学院和农学院。

◆ 1948年8月24日，华北大学举行隆重的成立典礼

1949年北平和平解放，华北大学三部（文艺学院）美术科师生奉命组成"华北大学美术工作队"进入北平，隶属北平文化接管委员会，驻扎在北池子草垛胡同12号外面的大院子里，那个院子很大。为适应形势发展，广泛招收美工，成立了美术供应社。

据张仃回忆："北平解放后，来自解放区的华北大学美工队，这时已建成美术供应社，由我与吴劳同志负责，隶属于实用美术系（用现今的说法，就是国家美术设计公司）。有百余人的加工场地，并拥有不少专业人才：李本田、张振仕、郑炯灶、曹肇基、贺司昌、王米、谷首、滕凤谦、郭效儒、赵文瑞等。"

美术供应社那时的任务非常繁重，国徽的设计、绘制、呈报、制作，以及在天安门上悬挂等所有工作，都日夜兼程地展开了。数十名美工、木工、油工、扎彩工、印染工、棚工日夜待命，随时接受任务。

当时，在汪家胡同慧照寺18号有一家私营木器加工厂——大庭木工厂。这家工厂生产规模不算太大，但是所有机器设备都是从国外引进的，是当时北京最先进的木工厂，工人的手艺也好。正因为如此，天安门城楼悬挂的第一枚木质国徽在这里诞生。

9月，大庭木工厂厂长黄香发接到一项保密任务——制作天安门城楼悬挂的木质国徽。这项任务时间紧、任务重、要求高。厂长黄香发马上安排工厂掌尺的韩仁成师傅，带领王永久、张福龄等人开始工作。

韩师傅根据图纸，负责挑料、画线。他们选用上好的红

◆ 天安门悬挂的第一枚木质国徽

松木，先把它们加工成一寸厚的板材，然后一层一层地横竖交叉，用鱼皮膘黏接，再用圆钉钉压在一起。这种加工工艺能保证国徽坚固不变形。然后，由几个年轻的徒工来锯板、刮料，等料选配好了、初加工后，再请技术好的老师傅精心制作。圆边、雕刻、上漆、吹金……每一道工序都精益求精，用了十几天工夫，一枚金光闪闪的国徽终于诞生了。

国徽做好了，但是车间门太小，硕大的国徽横竖搬不出去，只有把门框拆了，才能把国徽从屋里搬出来。这时，他们又发现院门也小，于是决定把国徽从院墙上翻运出来。由于国徽太大，汽车运不了，工人们用肩膀扛着国徽，步行到

共和国之徽 中华人民共和国国徽诞生记

了天安门。

　　国徽的悬挂任务由北京美术供应社负责。时任美术供应社业务股股长（全盘负责美术业务工作）的王米回忆："从北京电影制片厂的布景棚借调来的侯炳岐师傅，聪明能干，

◆ 1950年国庆节前夕，张仃（右一）在天安门悬挂国徽现场

◆ 1950年国庆节前夕，师傅们在天安门悬挂国徽

第三部分 / 公布·制作

善于解决工作中遇到的各种难题，且有领班才能，是八级木工，后来成为木工组长。另一位是住在东总布胡同东口的私营（家庭班）棚铺老武师傅，当时不到40岁，留一字黑胡子，平光眼镜，也是得力的合作者。为了使巨大的国徽悬挂在天安门上，在没任何现代吊装设备的情况下，他们设计用传统搭凉棚的办法——'麻绳捆杉篙'，硬是从十几米高的脚手架上用人工牵引，将以吨计的木质国徽拉上定位。"这是天

安门城楼悬挂的第一枚木质国徽。

从此,天安门城楼上悬挂起了庄严的国徽,见证了共和国日新月异、翻天覆地的发展与壮大。

叁 上海制造
首批金属国徽

中央人民政府委员会办公厅计划于1950年10月1日前,各大行政区、省市政府机构都悬挂国徽,数量约60枚。但木刻国徽需要大量的人力,在短时间内难以完成制作。

经多方了解,可以采用钢模轧制法,即把国徽先制作成钢模,再用压版机压成铜片浮雕,然后用涂色喷漆的方法制作国徽,这比木质国徽更加标准化,而且能大规模制作,迅速完成制作任务。但是,内地尚没有掌握制造钢模的技术,最快的办法是派人到香港地区,或由广东省人民政府代为洽办。周恩来同意了这个方案。

为此,中央人民政府委员会办公厅分别致电广东省人民政府主席叶剑英、上海市市长陈毅,了解香港、上海两地的技术条件。9月12日,两地复电,均表示能够制作。

9月15日,考虑到上海较为近便,林伯渠亲自起草电文,就由上海厂商承制国徽事宜致电陈毅。国徽的制作决定采用钢模轧制法,由上海厂商承制,并派专门技术人员监制。希望能于10月1日国庆节以前制出148枚(大号的8枚,发各大行政区悬挂；中号的60枚，发各省、市及省级的人民行政公署悬挂；小号的80枚，发省辖市悬挂）。所有制造费用先由上海垫付，然后向中央报销。"惟时间已促，是否当能及时制出，亦请考虑后见告"，林伯渠担心时间紧，派办公厅科长丁洁如携带国徽石膏浮雕2面、方格墨线图、纵断面图以及使用办法、制造说明赴上海洽办国徽制作有关事宜。

丁洁如接到任务后，当即出发赴上海。本以为一切顺利，哪知道颇费周章。

那时的交通非常不便利，从北京到上海需要2天多的时间。9月17日凌晨5时，丁洁如抵达上海。时任上海市军管会交际处处长管易文负责接待，入住华东招待所。随后，工作就紧锣密鼓地开展起来了。

丁洁如向管易文说明了情况。由管易文持丁洁如带来的函件去见市长陈毅，陈毅答应协助，但由于是星期天，大家都在休息，无法召集相关人员举行会议。管易文就通知各有关单位来丁洁如住的华东招待所进行接洽，研究相关工作。晚上，丁洁如请管易文再去见陈毅，希望确定这次工作的负责人。

9月18日8时，丁洁如去上海市人民政府见周林秘书长，因为陈毅的复电均是他负责发出的。周秘书长当即介绍丁洁如去上海市工商局洽谈具体工作。丁洁如随后到工商局，见到许涤新局长，介绍了有关情况。许涤新约请华东文化部、工业部和工商局的人一起会谈。会谈结果让丁洁如大吃一惊，情况和预想的完全不同。

起初，上海市人民政府以为只是制作国徽的证章，不知

共和国之徽 中华人民共和国国徽诞生记

道是制作如此大的铜片浮雕,看来是没有领会中央的要求。于是,由上海市工商局约请制作证章的厂商来面谈。他们都表示无法制作国徽,因为国徽太大了,而且时间紧迫,完不成任务。

9月18日14时,心急如焚的丁洁如再去上海工商局与有关单位会商。经会商,华东工业部给出的答复是上海不能做钢模,也没有压制1米大浮雕的机器。因此,做钢模这条路在上海行不通。

为了完成中央赋予上海的使命,大家集思广益,最后还是商量出一个办法,将国徽刻木型翻砂浇铜,这个方法上海可以做,而且时间上也可以掌握。于是,就决定用这个办法,

◆ 上海市政府办公楼(1949—1956,原工部局大楼)

由华东工业部去做具体调查，看看实际情况究竟如何。

会后，丁洁如用长途电话向中央人民政府委员会办公厅秘书处处长梁蔼然作了请示汇报。

9月19日，丁洁如又一次来到上海工商局。华东工业部约请了两家做翻铜的厂家来商谈，要求在9月25日先做出2枚，以后按日制造2枚，至28日将8枚全部完工。厂家一听，开始都不肯接受，说是时间紧促，怕完不成任务。后来给厂家做动员工作，告诉厂家这是政治任务，是为国家服务，希望他们能克服困难。最终，上海"陈福昌翻铜作"接受了承制这批国徽的任务。

当日，丁洁如给梁蔼然、陈昭写信，汇报了这两天工作的进展，并就国徽分配和中小型国徽制作提出建议。丁洁如的信如实地反映了上海当时的工业制造水平，以及国徽制作的现状。这实际上改变了原定制作148枚国徽的计划，只能先制作9枚国徽，其中8枚为铜质国徽（直径1米）、1枚为铝质国徽（直径60厘米）。

梁蔼然、陈昭阅后，即送林伯渠、余心清阅览，林伯渠要求将此信报给周恩来。9月23日，梁蔼然、陈昭将丁洁如来信的主要内容做了摘要，连同原信一起，送周恩来审阅。（本书中凡涉及"万元"计价的，均为旧币。1万元旧币相当于人民币1元——笔者注）

信件摘要内容如下：

一、上海不能作钢模，也没有压制一米大的浮雕机器，因此，已确定采用将国徽刻木型翻砂浇铜。

二、一米大的国徽铜片浮雕（厚三分，重约一百五十磅，价在三百万元左右）在九月廿五日可先做出二只，以后按日制作二只，到廿八日八只国徽可全部完成。

三、廿五日做出的二只国徽拟先送西南、西北两地，第二批送中南、东北，第三批带回北京，最后一批留沪。但送往西南和西北的国徽是否可用飞机运送请电告。

四、中小型的国徽因数量多，不能先期赶制，如要赶制，可能引起上海市场波动（铜的供销问题），拟先刻木型浇铸一只作为样品，带京请示后，如认为满意再大量制造。（丁洁如同志问我们的意见如何）

此刻，在上海的丁洁如担心的是"陈福昌翻铜作"能否如期保质完成任务。

"陈福昌翻铜作"是一家专门从事浇铸铜件的作坊，由陈福昌创办于1934年，抗日战争全面爆发后停业。1946年，陈厚德继承父业，将其复业，但是设备较为简陋，以长期承接中华造船机器厂铜件翻铸业务为主。1955年，"陈福昌翻铜作"正式并入中华造船厂。1981年5月，陈厚德因长期从事翻砂工作，被确诊Ⅱ期砂肺，因病去世。

9月20日，上海市人民政府和"陈福昌翻铜作"签订了国徽制作合同。签完合同后，陈厚德带领工人开始了紧张的制作工作。8枚铜质国徽是重中之重，质量要求高，制作难度大，而且时间紧迫，9月28日前必须完成8枚铜质国徽的制造工作，10月1日前必须送达各大行政区悬挂。

陈厚德不敢有丝毫的马虎和懈怠，全力以赴开始工作。

由于作坊设备简陋，没有铸造国徽的大砂箱，陈厚德只能去邻近的翻铜厂借。虽然市政府送来2枚国徽木型，但为了能将8枚铜质国徽做得一样好，陈厚德不敢一起使用，而是先用1枚木型日夜赶工，留下1枚木型以备万一。他们先将其浇成铝质模型，以保证铜水大量浇铸时不走样。

陈厚德对铜料成分的搭配经验丰富，按比例配好型砂和铜料后，开始了试浇铸工作。

◆ 上海"陈福昌翻铜作"铸造的国徽

共和国之徽　中华人民共和国国徽诞生记

　　第一次浇铸，陈厚德和工人们使用1只铜水包子，分两次进行浇铸，失败；

　　第二次浇铸，陈厚德总结了经验教训，调整型砂配料，使用2只铜水包子同时进行浇铸，虽然成功，但仍有缺陷；

　　第三次浇铸，陈厚德与工人们讨论出现的问题，再次总结经验教训，为了精益求精，又采取了一些措施，终于成功了。

　　试浇铸试制成功后，陈厚德与工人们伴着高温，日夜浇铸赶制，经过精细打磨后进行涂色、贴金等工序，一枚枚精美的国徽便呈现在世人面前：

　　9月25日，制造2枚铜质国徽，送西南区、西北区。

　　9月26日，制造2枚铜质国徽，送中南区、东北区。

　　9月27日，制造2枚铜质国徽，由丁洁如带回北京。

　　9月28日，制造2枚铜质国徽，送华东区、上海市人民政府。

　　关于铝质国徽的制作

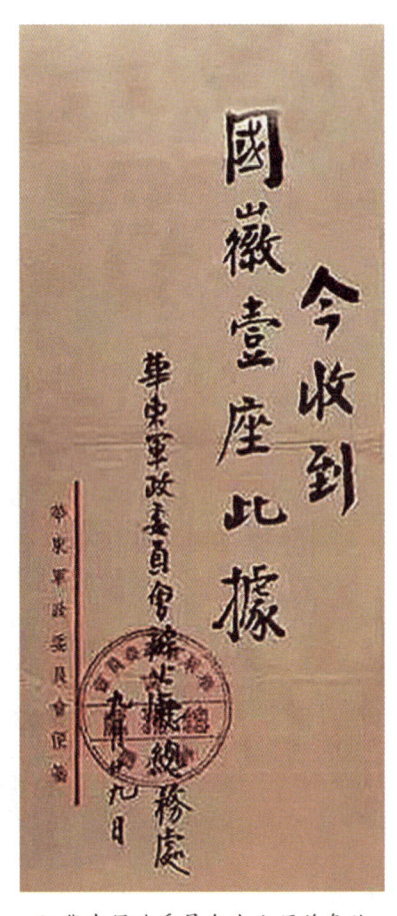

◆ 华东军政委员会办公厅总务处收到国徽的收据

时间档案中没有明确记录，此枚国徽是作为样品制作的。

在国徽制作的过程中，由华东工业部派员监工整个制作过程，华东文化部派员负责国徽的线条和涂漆的色彩。

9月30日，上海市人民政府工商局关于国徽制作的结算报告完成了。制作9枚国徽所需要实际费用（刻制木模、翻造底坯、涂色贴金等项）为3046.4万元，较预算费用3920万元节省873.6万元。

丁洁如带回北京的是3枚国徽（2枚铜质国徽、1枚铝质国徽），周恩来都审看过。2枚铜质国徽，1枚给了华北区，另外1枚国徽给了哪家单位呢？有的认为给了北京市，可能是留在上海的2枚国徽，其中之一送给上海市的原因吧。笔者认为，国徽给了中国人民政治协商会议全国委员会。为什么这么说呢？

其一，根据1950年9月20日中央人民政府委员会办公厅公布的《中华人民共和国国徽使用办法》，中央机关可以悬挂国徽的有："中央人民政府委员会；中国人民政治协商会议全国委员会；中央人民政府政务院；中央人民政府外交部及其直属机关。"因此，中国人民政治协商会议全国委员会须悬挂国徽。

其二，2018年9月，中国人民政治协商会议全国委员会办公厅服务局向中国政协文史馆移交了1枚悬挂过的国徽。在这枚国徽的背面有两行繁体小字（从右往左）："上海陈福昌铸造"。由此，可以确认这枚国徽就是丁洁如从上海带回来的2枚铜质国徽之一。70多年过去，这枚国徽尽管经历岁月的侵蚀，表面个别处略有掉漆、划伤，但依旧色泽鲜艳、熠熠生辉、神圣庄严。

10月2日,中央人民政府政务院秘书厅专门发出感谢信,并请上海市人民政府转交上海"陈福昌翻铜作":"上海陈福昌翻铜作转制造国徽的全体工人同志们:你们积极努力地及时完成了赶制国徽的任务,发扬了工人阶级劳动的热情,特此函谢,并致敬礼!"

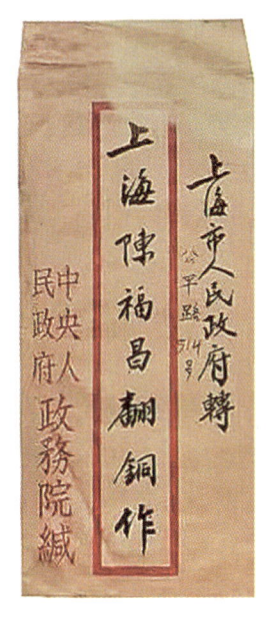

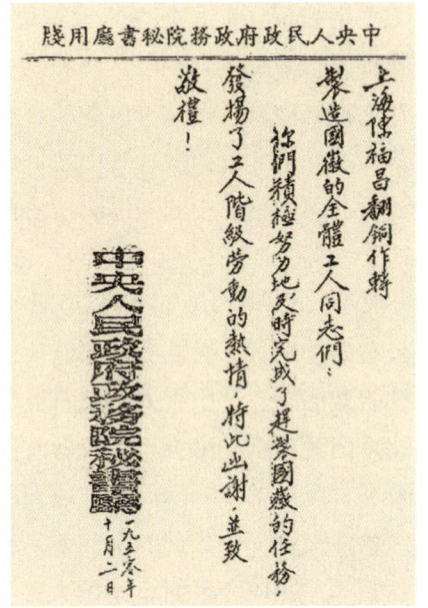

◆ 中央人民政府政务院秘书厅给上海"陈福昌翻铜作"的感谢信

这是国家给予"陈福昌翻铜作"的褒奖,"陈福昌翻铜作"当之无愧。

肆　分区制造
国徽批量生产

由于前期国徽制造数量有限，无法满足全国各地国徽悬挂的需求。于是，各地纷纷致函、致电中央人民政府委员会办公厅，表达渴望悬挂国徽的急切愿望。有的地区根据已经刊印的国徽图案，自行制作国徽浮雕。因而，大批量制作国徽就变得十分紧迫。在上海制作的首批金属国徽数量太少，但如果继续集中在上海制作，面临很多困难：

一是数量大，装箱运输费用昂贵。全国省、市、县各级政府所需国徽达 2202 枚（其中中号国徽 52 枚、小号国徽 2150 枚）。除去发往华东的 414 枚国徽不计运费外，其余的共需运费 7.1520 亿元。

二是时间紧、任务重。以上海现有条件、设备，需要发动二三十家厂商，才能在年底前完成国徽的制造（因为是手工制作，每家每日平均仅能制作 1.5 枚），而动员这么多厂家是很困难的。

根据上海的经验，可采用木刻翻砂法制造国徽，此工艺在华北（北京）、东北（沈阳）、华中（汉口）、西南（重庆）均有工业设备和技术条件，只有西北不能制作。

根据上述现实条件，10 月 20 日，余心清经请示林伯渠后，将"分区制造"的方法呈报周恩来："属于华北区的（包括内蒙古自治区）由中央人民政府委员会办公厅负责在北京统

共和国之徽 中华人民共和国国徽诞生记

筹铸制颁发，属于东北、华东、华中、西南各区的由各大行政区负责就地铸制颁发，西北区没有铸制条件，可介绍他们与上海接洽代为铸制，尺寸、质料均由中央予以规定，同时并将制作经验予以介绍，这样则时间、经费两俱节省，似较合宜。"当日，周恩来批复了这份报告。

◆ 1951年，华东工业部监造的国徽

10月25日，中央人民政府委员会办公厅就省、市、县各级政府悬挂的国徽由各大行政区分区制造致函东北人民政府，华东、中南、西北、西南军政委员会。对国徽的尺寸、质料做了详细规定，并要求年底前制作完成，1951年元旦各地同时悬挂。为此,中央人民政府委员会办公厅还专门下发了颁发国徽浮雕的地区分配清单,共发浮雕 75 枚。

这样,在 1951 年元旦,各地都有国徽可以悬挂了。

伍 沈阳制造 首批合金国徽

天安门城楼上的木质国徽是经不起风吹日晒的。因此,必须铸造金属国徽,而且是直径必须达到 2 米的巨型国徽。

铸造天安门城楼国徽的这一光荣任务由谁负责呢?

◆ 1949 年,沈阳第一机器厂铸造车间外景

共和国之徽 中华人民共和国国徽诞生记

　　东北是国家重工业基地，工业基础相对较好。1950年9月，这项重任交给了沈阳第一机器厂。

　　中华人民共和国成立初期，工厂刚恢复生产，生产条件十分艰苦，主要产品是车床。要完成国徽这种高精度铸件，从模具制作到浇铸成型都是凭工人的经验手工操作，工艺难度相当大，技术上也存在很多难题。

◆ 焦百顺

　　沈阳第一机器厂接到这个光荣而艰巨的任务后，专门成立了任务小组。据朱凤仪回忆："当时我在铸造车间，正值三年恢复时期，工厂的厂房简陋，设备也比较陈旧，可是我们这些翻身解放的工人听说了这一任务，感到无上光荣。听说国庆节（此处回忆有误，应为五一国际劳动节——笔者注）前就要悬挂在天安门上，工人们个个都暗下决心要保质、保量地完成任务。当时参加的人员只有我们铸造车间的二十来人……制作国徽由我的师父裴庆江牵头。裴庆江是当时较有名气的翻砂工，由于忙不开，又请来了焦百顺师傅。"

从接到任务起，车间内彻夜灯火通明，工人们白天、黑夜连轴转，不少专用工具都得自己去制造。国徽的铸造需要经过三道工序：制作模型、浇铸金属毛坯并进行精加工、烤漆贴金。

第一道工序是制作模型，而且需要精准的模具，这直接关系到铸件的好坏。为了保证国徽表面平整光滑、纹理清晰、凹凸有序，焦百顺亲自翻砂，但是刚开始制作的国徽模型上

◆ 沈阳第一机器厂铸造国徽的情景（电影《国徽》剧照）

的麦穗粒不饱满、光芒不显，完全不符合要求。焦百顺带领攻关小组，日夜研究，寻找原因。他们经过反复筛查，发现是现有的砂型质量不合格。经过辛苦筛选，内蒙古和大连的砂型质量符合标准：内蒙古砂细、有黏性，大连砂粗、无黏性，两种砂混合后铸型效果非常好，可以保证国徽表面的光洁度。砂子运来后，工人们吃在车间里，睡在砂型旁，反复摸索，精雕细琢，不知做了多少个试验品，合格的国徽模型终于被制作了出来。

第二道工序是浇铸金属毛坯并进行精加工，首先需要精准浇铸。国徽材质为铜铝合金，铜占8%，铝占92%。铜的熔点为1084.62摄氏度，而铝的熔点只有660.323摄氏度，两者熔点相差400多度，烧铸的火候很难掌握。当时我国尚无真空设备，要想取得铜铝合金，必须先将铜熔化成铜水，

◆ 天安门城楼悬挂的第一枚金属国徽的1:1复制品

第三部分／公布·制作

◆ 工人师傅们在研究制作国徽模型（电影《国徽》剧照）

再将铝锭放入铜水中慢慢熔化。取得这种铜铝合金，在当年是个难度很高的技术工艺。没有化铝罐，他们就找来车间废铁堆里的钢盔、刺刀、铁管，自己烧红了做化铝罐；没有测试铝水温度的仪器，他们就在炉前用肉眼观察铝水颜色的变化。在第一次试浇铸后，就出现了铜铝合金浇注熔点不一、浇注后出现局部缩型等问题。如果不能解决这些复杂问题，就会导致后续的铸造工作无法进行。无奈之下，他们只有土法上马，克服重重困难，用水不停泼浇铸件，使之加速冷却，使铸件局部缩型难题得以解决。合格的金属粗毛坯制作出来以后，要经过清理、修补、精雕细琢、刮平、抛光等步骤才能完成精整修。工人们自制工具，用钢丝刷把凹凸不平的地方打磨干净，再用小刀将国徽的图案雕刻出来，将有瑕疵的地方修补完整，再进行整体抛光，国徽光可鉴人，合格的产品终于可以交付给第三道工序了。

共和国之徽 中华人民共和国国徽诞生记

吴嘉祐是当时一位普通工人,负责国徽抛光这一关键环节。据他回忆,当时工艺条件极为艰难,缺乏工具,需要自制砖炉、铁罐,没有脱氧剂就用木棒搅拌脱氧,没有测温仪器就凭经验判断颜色,等等。为了使国徽更光亮,他自制多种雕铲和刮刀。总之,在设备简陋的情况下,凭着"工匠精神"不断探索、尝试,精雕、刮平、抛光,最终使国徽达到令人惊叹的光洁度。"这是我一辈子最光荣、最难忘的事情。"吴嘉祐说。

◆ 吴嘉祐

第三道工序是烤漆贴金,这道工序也丝毫不能马虎,必须精益求精。经过半年多的艰苦努力,他们终于制造出了第一枚合格的金属国徽。

1951年4月,他们提前20天圆满完成了3种规格67枚金属国徽的铸造任务。1956年4月10至19日,全国机械工业先进生产者会议在北京召开,这是新中国机械工业史上的一件大事，当时称之为"中国机械工业历史上规模最大的一次交流先进经验的会议"。焦百顺到北京出席大会，以突出贡献荣获"全国机械系统先进工作者"荣誉称号，受到了毛泽东等党和国家领导人的亲切接见。

1951年5月1日，工人们精心制作的直径2米、高2.4米、重487公斤的巨型金属国徽（铜铝合金）取代了木质国徽（这枚国徽现由天安门城楼管理处保管，经过整修目前在天安门城楼大厅展出），庄严地悬挂在天安门城楼上。这是天安门城楼悬挂的第二枚国徽。

1969年，国务院为了保护天安门城楼，决定将天安门城楼整体拆除，在原址按照原规格和原建筑形式重建一座天安门城楼。重建后的天安门城楼悬挂的国徽没有沿用原来的铜铝合金国徽，而是由北京雕刻厂用纯松木重新制作一枚新国徽。这是天安门城楼悬挂的第三枚国徽。

2018年，天安门城楼开始维护修缮，迎接中华人民共和国成立70周年。由于第三枚国徽历经几十年的风吹日晒，出现多处开裂、剥落等现象，已不宜继续悬挂。经过多处实地调研发现，金属材质国徽在夜景照明开启后，反光明显，且与天安门古建筑的特性不协调，同时金属材质会对城楼本体已完成的防雷体系造成扰动，因此，决定按第三枚国徽的材质、规格、尺寸、样式复制一枚新的木质国徽予以更换（国徽已移至库房保存）。新国徽由龙骨、浮雕和背板组成，分别选用优质的松木、适于雕刻的橡木和全实木材料。先进行烘干、防腐、防虫、木材表面碳化等处理，再采用数控技术机械雕刻加工，最后对国徽中的细节进行人工雕刻和打磨。采用传

共和国之徽 中华人民共和国国徽诞生记

统工艺上色的国徽红和国徽黄，让新国徽色彩鲜艳，不易褪色。这枚国徽不仅工艺精湛，而且高度和宽度的尺寸精确到了毫米，使用年限可达50年。这是天安门城楼悬挂的第四枚国徽。

◆ 2018年，天安门城楼悬挂第四枚国徽

天安门上的国徽，见证了久经磨难的中华民族从站起来、富起来到强起来的伟大飞跃。

陆　薪火相传
清华再续前缘

1958年，为庆祝中华人民共和国成立10周年，党中央决定在北京建设一批重点建筑工程，在1959年国庆节前交付使用。人民大会堂就是其中之一，工程于1958年10月破土动工，1959年9月交付使用，建筑面积17.18万平方米，是新中国建筑史上的典范。

人民大会堂东门首枚木质国徽悬挂于1959年，是全国各场所悬挂国徽中尺寸最大的，历经风雨洗礼。第二枚锻铜国徽悬挂于2001年，由于悬挂时间已超过20年，不仅国徽表面的金箔有所脱落，而且与天安门悬挂的国徽以及初版国徽相比，在细节上也出现了变形。

2022年初，为迎接党的二十大胜利召开，中共中央办公厅、全国人大常委会办公厅、国务院办公厅批准实施人民大

◆ 人民大会堂

会堂东门国徽维修改造工程。为抓好组织实施，全国人大常委会办公厅人民大会堂管理局邀请清华大学建筑学院有关负责同志出席会议，给予工作指导。

3月24日，在前期做了大量工作的基础上，人民大会堂管理局在人民大会堂二楼东会议室召开国徽维修改造工程协调会。受清华大学建筑学院领导委派，建筑公共艺术研究所所长王青春出席了会议，由他具体负责人民大会堂东门国徽精准模型制作及生产监制工作。

当任务交给王青春时，他觉得既意外又惊喜。

因为他与清华大学有缘。王青春在清华大学毕业后，考取了中央美术学院的研究生，毕业后又回到母校清华大学建筑学院任教。在王青春看来，国徽设计是清华人共同的骄傲。清华大学营建系设计小组的人员自不必说，中央美术学院设计小组的张仃后任中央工艺美术学院院长，张光宇后来也在中央工艺美术学院任教。而中央工艺美术学院正是清华大学美术学院的前身。

因为他与国徽有缘。2021年8月，"栋梁——梁思成诞辰一百二十周年文献展"在清华大学艺术博物馆举行。在展览准备过程中，王青春查阅了大量有关国徽诞生的相关资料，通过请教中国营造学社纪念馆、清华大学校史馆的资深老师，以及清华大学建筑学院的老一辈教师等，进一步了解在国徽设计制作任务中前辈们的设计理念、创作状态、社会环境、人物性格等，丰富了自己对那段历史的认识。在此基础上，他还原了清华大学营建系1949年提交的第一稿：玉璧国徽立体稿，复制了清华大学营建系1950年版彩色国徽立体稿，两个立体模型在展览期间展出，广受好评。

王青春在接到国徽制作任务的那一刻起，就感受到了责任重大、使命光荣。

他的脑海中时常浮现出梁思成躺在病床上和林徽因讨论国徽设计稿的情景，也想象着高庄顶住压力固执己见塑造国徽立体模型时的匠人模样。前辈们已经树立了榜样，向前辈们致敬，传承前辈们的理想、精神，是他所秉持的。他唯有全力以赴，因为他清楚，这是一次清华人服务于国家特定需求的接力行动。

◆ 王青春制作的玉璧国徽复原模型

考虑到1950年国家公布的国徽方格墨线图清晰度不够，放大后会变得更粗糙、更模糊，王青春决定倾尽所学，充分运用数字科技手段,并与传统技法融合,通过数字化处理还原每一处细节,运用传统技法深化细节。

最开始的工作就是溯本追源。这项工作不是简单地按照1950年版国徽石膏模型定稿复制和依照国徽方格墨线图等比例缩放就可以完成的。人民大会堂东门国徽尺寸是国内最大的,如果采取直接复制或放大进行制作,就会出现国徽元素立体感不强、绶带起伏不明显、麦穗饱满度不够、不能更好地凸显庄严宏伟等诸多问题,因此必须要考虑视距、视角等因素,从起位高度上进行调整,加强层次之间的对比,以能够凸显国徽的庄严宏伟。

同时,在进行史料考证时,王青春发现林徽因等人设计的国徽麦稻穗左右并不对称。为此,王青春专门请教了研究林徽因的有关学者。从林徽因等人设计的国徽图案可以看出,艺术家的思维是比较活跃的,并非像理工科思维那样去追求刻板对称。也许是林徽因希望看到麦稻穗高低、疏密的不同效果,但由于时间紧迫,不允许画两张稿子,于是就很灵活地运用了视觉经验,在做到一半的时候,用镜像的方式把稿子做成一个整体,同时调整另一半麦稻穗的疏密高低,一张稿子上体现了不同的视觉效果。

通过对比林徽因等人设计的国徽图案和高庄塑造的国徽模型,王青春发现国徽定稿图案体现的是汉唐风格,讲究饱满与生机;高庄在二维平面彩稿转译为三维浮雕石膏模型的过程中,经过多稿试验、征求意见,最终呈现出的是魏晋风格,讲究力度、骨感。二者风格区别较大。王青春在制作初稿时将两个版本融合在一起,又根据其他考证成果做了细节上的调整。

◆ 王青春利用传统技法手工调整国徽石膏模型细节

　　王青春根据1950年版国徽方格墨线图与清华大学馆藏的1950年版国徽定稿石膏模型，按照2009年实施的国徽国家标准，使用摄影及三维扫描数字技术，将国徽中的天安门、齿轮、麦稻穗等细节精准还原，绘制出一个更清楚的手绘墨线图。通过透叠点云扫描，再配合专业建模软件进行数字化建模，转化为数字版，就可以无限放大和缩小。

　　在此基础上，王青春手工制作了国徽初稿。他依照国徽方格墨线图丰富、细化手绘墨线图及软件矢量化墨线图，并在此基础上运用传统浮雕手工工艺做出泥稿。之后，他运用二维激光技术进行点云扫描，并补全细节。然后，手工制作一个石膏模型，经反复修改后，再运用三维立体扫描技术，形成数字稿，经修整后，运用数字雕刻技术雕刻出浮雕石膏版，这就是初稿。

共和国之徽　中华人民共和国国徽诞生记

◆ 王青春制作的人民大会堂东门新版国徽石膏模型

　　初稿形成后，王青春向人民大会堂等相关部门进行成果汇报，征求意见、建议，再根据相关意见和建议，进行调整。在此基础上，王青春结合国徽图案、国徽方格墨线图、国徽模型，再进行手工修正。这个过程是传统技法和数控技术来回切换和共同配合的过程。不确定性是传统技法的魅力，可控及确定性正是数控技术的价值。数控技术可以实现最大限度的精准，传统技法又可以在饱满和力度中进行优化调整。

　　6月6日，王青春克服诸多困难，完成了修整石膏精准模型稿，在这个版本上进行扫描和数字化，最终生成了虚拟国徽的模型数据，用计算机数字控制机雕刻出石膏稿。随后，再请有关部门专家审阅，继续调整完善相关细节。

6月27日，王青春出席了在人民大会堂二楼东会议室召开的国徽维修改造工程协调会，会议同意国徽进入生产阶段。

7月9日，王青春赶赴合肥负责监制国徽的生产工作。安徽兴皖玻璃钢制品有限公司负责1:1国徽模型制作工作，他们依据人民大会堂东门国徽真实尺度进行比对生产，在多次修改、调整后，经人民大会堂国徽专家小组通过线下及线上视频融合会议审核通过。

◆ 王青春修正后的国徽虚拟彩色模型

共和国之徽 中华人民共和国国徽诞生记

◆ 新版国徽在人民大会堂进行试吊装

　　7月13日,人民大会堂管理局、安徽兴皖玻璃钢制品有限公司和王青春签署了国徽模型生产确认书,同意按现场确定的模型进行下一步锻铜生产。

　　锻铜生产具体工作由天宝物华(合肥)金属工程有限公司负责制作,并由全国颜色标准化技术委员会确定"国徽红"的参数值,以及金箔的色温和厚度,并请专门的厂商和非遗工匠进行油漆和贴金箔。

　　8月2日,国徽组装验收工作完成。验收工作由人民大会堂管理局、清华大学建筑学院建筑公共艺术研究所、安徽兴皖玻璃钢制品有限公司、全国颜色标准化技术委员会、天宝物华（合肥）金属工程有限公司和北京建筑设计院共同完成。

9月5日，经过厂内试吊装测验，国徽从安徽起运北京。国徽到达北京后，开始测量核实调试、试吊装工作，没有问题后才正式安装。

9月14日，现场验收完成，一枚崭新的国徽悬挂在了人民大会堂东门上方。在人民大会堂东门新版国徽组装验收会上，经人民大会堂管理局、北京市人民政府天安门地区管理委员会、全国颜色标准化技术委员会等多个部门验收，新版国徽虚拟模型数据和经由数据制作的国徽顺利通过。

2023年2月22日，王青春将人民大会堂东门国徽换新制作初稿石膏模型捐赠给清华大学档案馆。

清华人再次书写了与国徽的不解情缘。

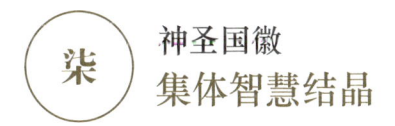

柒　神圣国徽　集体智慧结晶

1951年4月，工农作家曹柱梅诗集《歌唱国徽》由中南人民出版社出版。对国徽，他深情地赞颂道：

> 五谷丰登，拔节交响。
> 齿轮旋转，节拍铿锵。

> 五星高照中，升腾起民族的尊严。
> 红绸飞舞中，浓缩了民族的向往。
> 金色在赤色里生长。
> 天安门城楼挺起一个伟大民族的脊梁。
> 你有钢铁的坚硬，又有稻麦的馨香。
> 你是一枚光芒四射的勋章，领袖毛泽东把劳动人民佩戴在国家的胸膛。
> 你是祖国母亲美丽的倩影，高悬举世瞩目的容芳。
> 你是一轮不落的太阳，日夜照耀着神州千年城郭村庄，万里边关海防。

曹桂梅满腔热情讴歌国徽，反映了工农翻身成为国家主人的喜悦自豪之情，也表达了国人对国徽特有的感情。

那么，究竟是谁设计了国徽？由于有人不了解其中的来龙去脉，妄下结论，此事曾一度引起争议。

从前文的讲述可以看出，国徽不是个体创作，而是集体创作。我们来看有关当事人的表述：

1983年11月4日，针对有文章说周令钊是国徽的设计者，他专门给《北京日报》文艺部写信澄清此事："国徽设计工作是新中国成立前后，在周总理直接领导下进行的，全国有许多同志提供方案，后又组织清华大学营建系和中央美院实用美术系的教员参加设计。最后由清华大学营建系的教员和当时在清华大学的高庄先生进一步设计，并精心塑造成现在的国徽……国徽设计是集体创作。"

1999年2月，张仃写了下面的文字："中华人民共和国国徽，是一个集体创作的成果。它融会了中央美术学院和清华大学两校专家的智慧。"

朱畅中回忆："中华人民共和国国徽是集很多人智慧的结晶，国徽图案是建筑师、雕塑家、画家合作的结晶，是科学和艺术的结晶，也是世界上迄今少有的由建筑师参与设计的国徽。"

据莫宗江先生的儿子莫涛回忆："淡泊名利一直是他的原则。记得小学二三年级时，听同学的父亲说起我父亲（莫宗江）是参加国徽设计的人，就兴冲冲地跑去问他，父亲却淡淡地说不记得了。再三追问，他才说：'国徽当年是向全世界的华人征集方案，现在的国徽不是哪一个人设计的，而应该说是全体中国人的智慧结晶。'"

正因如此，我们认为，国徽的设计是在毛泽东、周恩来的决策、领导之下，在新政治协商会议筹备会第六小组以及国徽审查组的具体组织、审查之下，以梁思成、林徽因为首的清华大学营建系和以张仃为首的中央美术学院实用美术系两个设计团队分头设计，经广纳意见多次修改，中国人民政治协商会议全国委员会常务委员会会议决定采用中央美术学院提出的天安门图案，最终定稿由清华大学营建系国徽设计小组完成。国徽的设计是集体智慧的结品。

1954年9月20日，第一届全国人民代表大会第一次会议通过《中华人民共和国宪法》，这是新中国的第一部宪法，国徽被庄严地写入了宪法，"中华人民共和国国徽，中间是五星照耀下的天安门，周围是谷穗和齿轮。"

共和国之徽 中华人民共和国国徽诞生记

　　1991年3月2日，第七届全国人民代表大会常务委员会第十八次会议通过《中华人民共和国国徽法》，对应当悬挂国徽的机构和场所、国徽图案的使用做了规定；同时，为了维护国徽的尊严和使用国徽的严肃性，对在公众场合故意以焚烧、毁损、涂划、玷污、践踏等方式侮辱中华人民共和国国徽的，依法追究刑事责任，做出了明确规定。

◆ 中华人民共和国国徽

根据 2009 年 8 月 27 日第十一届全国人民代表大会常务委员会第十次会议《关于修改部分法律的决定》，《中华人民共和国国徽法》进行了第一次修正；根据 2020 年 10 月 17 日第十三届全国人民代表大会常务委员会第二十二次会议《关于修改〈中华人民共和国国徽法〉的决定》，《中华人民共和国国徽法》进行了第二次修正。国徽的尊严得到更好的维护。

国徽的设计者、铸造者们有幸参与了大历史，见证了大时代，他们呕心沥血，付出了全部智慧与辛勤的汗水。虽然国徽没有在开国大典中呈现，但这更显设计国徽的艰巨、复杂。庄严神圣的共和国之徽熠熠生辉，设计者、铸造者的名字也永远镌刻在共和国的史册上。

今天，天安门城楼上的国徽就像一轮朝阳照耀着神州大地。作为祖国的象征、共和国的符号，她神圣、庄严又亲和美丽。她是国家的象征，彰显的国家精神、民族精神，永远镌刻在每一位中华儿女的内心和灵魂深处，也昭示着我们：只要有国徽的地方，就要用生命去捍卫。

参考文献

[1] 中共中央文献研究室，中央档案馆.建党以来重要文献选编（一九二一——一九四九）[M].北京：中央文献出版社，2011.

[2] 中共中央文献研究室.毛泽东年谱(1893—1949)[M].北京:中央文献出版社，2002.

[3] 中共中央文献研究室.周恩来年谱[M].北京：中央文献出版社，2007.

[4] 中共中央文献研究室.陈云年谱（修订本）[M].北京：中央文献出版社，2015.

[5] 中国人民解放军军事科学院.叶剑英年谱[M].北京：中央文献出版社，2007.

[6] 中央档案馆.中华人民共和国国旗国徽国歌档案[M].北京：中国文史出版社，2014.

[7] 政协全国委员会办公厅.开国盛典——中华人民共和国诞生重要文献资料汇编[M].北京：中国文史出版社，2009.

[8] 中国人民政治协商会议全国委员会文史资料研究委员会.五星红旗从这里升起[M].北京：文史资料出版社，1984.

[9] 全国政协文史资料委员会.中国人民政治协商会议第一届全体会议亲历记[M].北京：中国文史出版社，2003.

[10] 石光树. 迎来曙光的盛会——新政治协商会议亲历记[M]. 北京：中国文史出版社，1987.

[11] 黄炎培. 黄炎培日记[M]. 北京：华文出版社，2008.

[12] 徐铸成. 徐铸成日记[M]. 北京：生活·读书·新知三联书店，2013.

[13] 夏衍. 岁月如水流去：夏衍日记[M]. 北京：中华书局，2016.

[14] 张元济. 张元济日记[M]. 北京：商务印书馆，2018.

[15] 叶圣陶. 叶圣陶日记[M]. 北京：商务印书馆，2018.

[16] 梁思成. 梁思成全集[M]. 北京：中国建筑工业出版社，2001.

[17] 王鲁湘. 张仃全集[M]. 南宁：广西美术出版社，2018.

[18] 周令钊. 周令钊[M]. 长沙：湖南美术出版社，2019.

[19] 钟灵. 奋斗与机缘[M]. 沈阳：辽宁少年儿童出版社，1997.

[20] 童小鹏. 在周恩来身边四十年[M]. 北京：华文出版社，2015.

[21] 清华大学校史组. 清华校史丛书·人物志（第1辑）[M]. 北京：清华大学出版社，1983.

[22] 林洙. 梁思成、林徽因与我[M]. 北京：中国青年出版社，2011.

[23] 上海艺术品博物馆. 梁思成林徽因影像与手稿珍集[M]. 上海：上海辞书出版社，2014.

[24] 梁再冰. 梁思成与林徽因——我的父亲母亲[M]. 北京：中国建筑工业出版社，2021.

[25] 李红梅，刘仰东. 向北方 [M]. 南京：江苏人民出版社，2021.

[26] 章正续. 人民政协筹备大会花絮 [N/OL]. 新民报，1949-9-22.

[27] 季如迅. 新中国国徽是怎样诞生的？ [N/OL]. 文史通讯，1984 (1).

[28] 朱凤仪. 第一枚国徽的诞生 [M] // 邱文艺. 昨天的风采（辽宁文史资料第 38 辑），沈阳：辽宁人民出版社，1993.

[29] 尹进. 建国前全国政协筹备工作中几点亲历见闻 [M] //《湖北文史资料》编辑部. 湖北文史资料（第 44 辑），1994.

[30] 陶宗震. 纪念梁思成、林徽因先生——及清华建筑系创办五十周年 [N/OL]. 南方建筑，1996 (3).

[31] 张仃. 与人民共和国同步——中央工艺美术学院建院四十周年 [N/OL]. 装饰，1996 (5).

[32] 王米. 国徽第一次悬挂到天安门上 [N/OL]. 新文化史料，1997(5).

[33] 舒云. 国徽的诞生 [N/OL]. 党史天地，1999(9).

[34] 秦佑国. 梁思成、林徽音与国徽设计（节选）[N/OL]. 建筑史学刊，2021(1).

[35] 高康. 回忆我的父亲高庄教授 [N/OL]. 文史精华，2000 (6).

[36] 季如迅. 群贤协力绘国徽 [N/OL]. 党史纵览，2009 (2).

[37] 金建陵. 参与中华人民共和国国徽设计的胡允敬 [N/OL]. 档案与建设，2009 (9).

[38] 沙里. 一届政协全体会议闭幕之日和共和国第一餐 [M]// 中国人民政治协商会议全国委员会文史和学习委员会. 文

史资料选辑（合订本）（第 155 辑），北京：中国文史出版社，2011.

[39] 沙里．新政协召开前后琐忆 [M] // 中国人民政治协商会议全国委员会文史和学习委员会．文史资料选辑（合订本）（第 155 辑），北京：中国文史出版社，2011.

[40] 季音．缔造新中国的历史盛会——回忆采访首届政协会议及开国大典 [N/OL]．新闻战线，2017 (11).

[41] 周令钊．为展示新中国形象而设计 [M] // 中国政协文史馆．文史资料选辑（第 173 辑），北京：中国文史出版社，2019.

[42] 张昌龄．我参加国徽设计的点滴回忆 [M]// 中国政协文史馆．文史资料选辑（第 173 辑），北京：中国文史出版社，2019.

[43] 李兆忠．"民间"遭遇"古典"——关于张仃、梁思成的国徽设计 [N/OL]．南方文坛，2019 (6).

[44] 闫树军．档案揭开共和国国徽历史本真 [N/OL]．党史博览，2021 (12).

自豪

共和国之徽

中华人民共和国国徽诞生记

附录

国徽，国家的符号、民族的象征、人民的骄傲。庄严肃穆的国徽，凝聚着前人的聪明与智慧、辛勤与汗水。他们把满腔热血和爱国情怀倾注在鲜艳的国徽上，让我们的国徽熠熠生辉，光芒四射；让我们的国家巍然屹立，尊严而有底气。无论我们走向多么光辉的未来，都不能忘却我们的过去。当我们看到庄严的国徽时，千万不要忘记国徽设计、制作的动人事迹和一个个闪光的名字。

共和国之徽 中华人民共和国国徽诞生记

一、清华大学国徽设计小组人员

梁思成（1901—1972）

籍贯广东新会，出生于日本东京，中国建筑学家。1928年在东北大学创办了建筑系，任主任。1946年任清华大学营建系教授兼主任。中国人民政治协商会议第一届全体会议特邀代表。

◆ 梁思成

林徽因（1904—1955）

福建福州人，中国建筑学家、作家。1927年，毕业于宾夕法尼亚大学美术系。1928年归国后，受聘于东北大学建筑系。1931年九一八事变后，回到北京，加入中国营造学社。七七事变后，到云南昆明和四川宜宾居住、工作。抗战胜利后，于1946年回到北平。中华人民共和国成立后，受聘清华大学建筑系教授。

◆ 林徽因

附录

邓以蛰（1892—1973）

字叔存，安徽怀宁人。中国美学家、艺术理论家，中国现代美学奠基人之一，与著名美学家宗白华享有"南宗北邓"的美誉。一生从事文化教育事业。1917年，赴美入纽约哥伦比亚大学专攻哲学与美学。1923年回国，在北京大学任教授。1927年，在厦门大学任教授。1928年，在清华大学任教授。

◆ 邓以蛰

王逊（1915—1969）

山东莱阳人。中国美术史家、美术理论家，中国现代高等美术史教育的开拓者和奠基人。毕业于清华大学哲学系。曾任云南大学、南开大学、清华大学、中央美术学院等高校教授，兼任《美术》《美术研究》执行编委。

◆ 王逊

共和国之徽 中华人民共和国国徽诞生记

高 庄（1905—1986）

江苏宝山县（今上海市宝山区）人。工艺美术大师。1927年，毕业于上海中华艺术大学。抗战期间，参加全国木刻界抗敌协会。1946年，任北平国立艺专陶瓷系副教授。1947年，任冀察热辽联大鲁迅艺术学院美术系主任。后任清华大学副教授、中央工艺美术学院教授。

◆ 高 庄

莫宗江（1916—1999）

广东新会人。建筑史学家。1931—1945年，入中国营造学社，师从梁思成研究中国古代建筑历史。1946年后，在清华大学任教，历任副教授、教授。

◆ 莫宗江

附录

李宗津（1916—1977）

江苏苏州人。画家、美术教育家。1934年，进入苏州美术专科学校学习。1940年，受聘于贵阳私立清华中学任教。1946—1947年，北平艺术专科学校任教。1947年，转入清华大学建筑系任副教授。1952年，中央美术学院油画系任教授。1961年，北京电影学院舞美系任教授。

◆ 李宗津

汪国瑜（1919—2010）

重庆人。建筑学家。1947年，受梁思成之邀，到清华大学建筑系任教，历任助教、讲师、副教授、教授。

◆ 汪国瑜

朱畅中（1921—1998）

浙江杭州人。1941—1945年，在重庆中央大学建筑系学习，毕业时获"中国营造学社桂莘奖学金"第一名。1947年，受聘到清华大学建筑系任教。1952—1957年，留学于莫斯科建筑学院城市规划系，获副博士学位。归国后继续在清华大学建筑系任教，历任副教授、教授。

◆ 朱畅中

胡允敬（1921—2008）

祖籍天津。应梁思成之召来到清华大学营建系，历任助教、副教授、教授。

◆ 胡允敬

张昌龄（1921—2022）

海南文昌人。1941—1945年，在中央大学建筑工程系学习。1949年，到清华大学营建系任教，历任助教、讲师、副教授、教授。

◆ 张昌龄

罗哲文（1924—2012）

四川宜宾人。中国古建筑学家。1940年，考入中国营造学社，师从梁思成等。1946年，在清华大学与中国营造学社合办的中国建筑研究所及建筑系工作。1950年，先后任职于文化部文物局、国家文物局、文物档案资料研究室、中国文物研究所等。中国人民政治协商会议第六、第七、第八届全国委员会委员。

◆ 罗哲文

二、中央美术学院国徽设计小组成员

张仃（1917—2010）

辽宁黑山人。中国当代画家、美术教育家、美术理论家。1932年，进入北平美术专科学校国画系学习。1937年全民族抗战爆发后，投身"抗日宣传队"。1938年赴延安，任教于鲁迅艺术学院美术系。抗战胜利后，于1946年赴东北，任东北画报社总编辑。1949年，从东北调到北平，作为美术顾问受邀参与中南海怀仁堂、勤政殿的改造，及开国大典的美术设计等工作。1950年，任中央美术学院实用美术系主任。1957年，任中央工艺美术学院副院长。1981年，任中央工艺美术学院院长。

◆ 张 仃

周令钊（1919—2023）

湖南平江人。中国画家、美术教育家。1932年，就读于湖南长沙华中美术专科学校。1935年，插班湖北武昌艺术专科学校。1936年毕业后，到上海华东照相制版印刷公司学修版、制版。1938年，进入武汉政治部第三厅美术科工作，创作抗日漫画、木刻、宣传画等，积极宣传抗战。1948年，应徐悲鸿先生聘请，任教于国立北平艺术专科学校，后任中央美术学院副教授。

◆ 周令钊

张光宇（1900—1965）

江苏无锡人。中国画家、美术教育家。早年，在南洋兄弟烟草公司广告部画月份牌年画。20世纪20年代后期至30年代，与他人创办东方美术印刷公司、时代图书公司，编辑出版《上海漫画》《时代漫画》《独立漫画》等杂志。20世纪40年代，任电影美工，后到香港参加人间画会。1950年，张光宇毅然回到北京，先后任中央美术学院、中央工艺美术学院教授。

◆ 张光宇

共和国之徽 中华人民共和国国徽诞生记

张正宇（1904—1976）

江苏无锡人。漫画家、舞台美术家。自学美术。1928年，与叶浅予创办中国第一家专门的漫画画刊——《上海漫画》。20世纪30年代，自办独立出版社出版《独立画报》和《抗日画报》。

◆ 张正宇

附录

钟灵（1921—2007）

字毓秀。山东济南人。1938年赴延安，入鲁迅艺术文学院美术系学习，毕业后在陕甘宁边区做文化教育工作。1948年，任陕甘宁边区政府林伯渠主席秘书。1949年初，随解放军进入北平，不久任新政治协商会议筹备会庶务处布置科科长。1953年，任中国美术家协会副秘书长。后任北京电影制片厂艺术委员会秘书长等职。

◆ 钟 灵

共和国之徽
中华人民共和国国徽诞生记

后记

共和国之徽
中华人民共和国国徽诞生记

行文至此，如释重负。

1949年10月1日，中华人民共和国的开国大典在北京天安门广场隆重举行。毛泽东主席庄严宣布："中华人民共和国中央人民政府今天成立了！"随后，他按动电钮，伴随着《义勇军进行曲》，天安门广场上第一面五星红旗冉冉升起。这庄严的一幕永久地定格在中华人民共和国的史册上，也深深地烙印在亿万国人的心中。

然而，细心的人们也许会发出疑问：听见了雄壮的国歌，看见了鲜艳的国旗，怎么没有见到国徽的身影呢？它是如何设计的？如何诞生的？如何制造的？

为了回答这些疑问，笔者查阅并参考了大量档案、回忆文章，旨在为读者呈现出较为完整、真实、可信的国徽设计、诞生、制造的过程。

在写作过程中，遇到难以厘清的问题时，经常感觉"山重水复疑无路"；当发现新材料解决了问题，又感觉"柳暗花明又一村"，沮丧与兴奋交织。印象最深的发现，就是林徽因为了国徽设计方案给沈雁冰的信，"一身诗意千寻瀑"的林徽因给我们留下了两页娟秀的珍贵笔迹。信中提到清华大学营建系设计的方形国徽，其他材料鲜有提及。当笔者驻足仔细看这封信时，恍惚之间看到了久病的林徽因，抱着病体在清华大学新林院8号家中提笔认真写信的场景，多年以后依然令人十分感动。

后记

当然，本书还留有一些遗憾。尽管笔者尽己所能地多方寻找有关资料，力图能够还原相关历史细节。由于资料有限，有些细节无法还原，只能期待日后发现新材料时再予修正。

本书在写作过程中，得到了有关部门、领导和同志们、朋友们，以及家人的大力支持与帮助，在此表示衷心感谢。感谢全国政协委员、中央档案馆原馆长杨冬权提出宝贵的修改意见。感谢全国政协原副秘书长、老领导卞晋平提出宝贵的修改意见并写序予以鼓励，殷殷之情溢于言表。感谢清华大学建筑系王青春所长接受采访，在给予第一手鲜活资料的同时，为笔者答疑解惑。感谢中国政协文史馆刘华林馆长、崔明森副馆长对本书写作的大力支持。

本书能够完成，感谢吉林人民出版社的约稿，感谢吴文阁总编辑在约写稿件、书稿写作、编辑出版各个阶段所付出的大量心血，感谢编辑室主任王斌以及美编、校对等工作人员的辛苦努力。他们一丝不苟的精神令笔者十分感动，使本书能以最好的面貌呈现在广大读者面前。

笔者学识有限，不揣冒昧，将本书奉献给读者，错漏之处在所难免，恳请批评指正。

李春华

2024 年 6 月 26 日于北京

〔关于文献引用的说明〕

　　本书引用了大量历史资料。在编辑过程中,为方便读者阅读,我们将相关原始档案文字用楷体呈现。

　　本书还配有大量图片。因资料阙如,个别图片一时无法确认版权归属。如有需求,请相关著作权人与我社联系。

国家区块链+版权创新应用
·可信数字版权生态示范项目·

·读者须知·

本书已接入可信版权链正版图书查证溯源交易平台，"一本一码、一码一证"。扫描上方二维码，您将可以：

1. 查验此书是否为正版图书，完成图书记名，领取正版图书证书。
2. 领取吉林人民出版社赠送的购书券，可用于在版权链书城购买吉林人民出版社其他书籍。
3. 领取数字会员卡，成为吉林人民出版社读者俱乐部会员。
4. 加入本书读者社群，有机会和本书作者、责任编辑进行交流。还有机会受邀参加本社举办的读书活动，以书会友。
5. 享受吉林人民出版社赠予的其他权益（通过读者俱乐部进行公示）。